내 이야기도
책이 될 수 있을까?

자서전 쓰기를 위한 열두 번의 글쓰기 수업

내 이야기도
책이 될 수 있을까?

윤슬

도서출판 담:다

자신의 얘기는 자기가 가장 잘 쓸 수 있다

강원국 / 대통령의 글쓰기 저자

쉰 살이 넘어서였습니다. 내 얘기를 글로 쓴 게 말이죠. 쓰면서 알게 됐지요. 쓸 게 없는 사람은 없다는 사실을요. '나는 평범하게 살았다.' '별로 할 말이 없다.' '내 얘기에 누가 귀 기울이겠느냐.'고 말하는 분이 있습니다. 그런 분이야말로 자격이 충분하다고 생각합니다. 두 가지 이유인데, 우선은 겸손입니다. 자신을 낮추는 사람은 스스로 성찰합니다. 그리고 남을 높입니다. 독자를 존중합니다. 안하무인이 아니죠. 그런 겸양이 자기 얘기를 쓸 수 있는 출발점입니다. 다른 하나는 독자가 그런 사람의 얘기에 귀를 기울인다는 사실입니다. 독자는 탄탄대로를 걸었던 사람의 얘기를 좋아하지 않습니다. 과거엔 승승장구한 사람의 얘기가 잘 팔렸습니다. 그들에게 배우려고 했지요. 그러나 지금은 그렇지 않습니다. 오히려 실수와 실패로 점철된 인생에 귀를 쫑긋 세웁니다. 그 속에서 위로받고, 용기를 얻고 싶어 합니다.

윤슬 작가는 글을 쓰는 글쓰기 선생입니다. 나는 꽤 오래전부터 '윤슬'이란 이름을 알았고, 온라인에서 그녀의 글쓰기 강의를 즐겨 들었습니다. 그래서 반가웠습니다. 열두 개 강의를 묶어 책을 냈다 해서 말이죠. 강의를 들어본 분은 아실 것입니다. 그녀가 허투루 말하지 않는다는 것, 그녀의 말에 실속이 있다는 것. 나 역시 윤슬 강의를 듣고 단 5분, 10분도 아깝다고 생각해본 적이 없습니다. 늘 기대 이상이었습니다. 아니 대만족이었습니다. 이 책도 읽지 않고 들었습니다. 강의를 글로 풀어서인지 술술 들렸습니다. 강의를 듣는 것보다 도리어 더 효율적으로 배우고 익힐 수 있었습니다. 물론 배우는 게 능사는 아니지요. 배운 것을 써봐야 합니다. 이 책은 각 회차별로 연습하고 훈련할 수 있는 공간을 마련해 두었더군요. 또한 글을 쓰는 데 필요한 팁도 세심하게 정리해 놓았고요.

자신의 얘기는 자기가 가장 잘 쓸 수 있습니다. 세 가지만 있으면요. 첫째, 글 쓰는 습관이 몸에 배어야 합니다. 자서전 쓰기는 마라톤 경주니까요. 글쓰기 전에 하는 자신만의 루틴을 만드세요. 나는 산책과 커피 마시기, 반신욕 하기가 글쓰기 전 루틴입니다. 루틴에 맞춰 의식을 치르고 나면 나의 뇌는 글쓰기 모드로 들어갑니다. 둘째, 질문지를 작성해보세요. 남들이 내 삶에 관해 궁금해할 만한 내용을 말이죠. 셋째, 메모해야 합니다. 메모 거리를 찾는 재미로 살아야 합니다. 메모하기 위해 기억을 떠올리고, 기억을 떠올리기 위해 어릴 적 친구를 만나고 당시 기사를 찾아 읽고 유행가를 들어야 합니다. 윤슬 작가의 이번 책은 이런 모든 게 가능하도록 친절하게 안내하고 있습니다.

누구나 자기 삶에 대해 정리할 필요와 의무가 있습니다. 과거를 되돌아보며 내가 누구인지, 나는 왜 나와 불화했는지, 자신을 용서하고 화해할 필요가 있습니다. 또한 자기 경험을 다음 세대에게, 가족에게 전해줄 의무도 있습니다. 그들이 더 나은 삶을 살아갈 수 있도록 자기의 이야기를 들려줄 책임이 있습니다. 그것은 더 나은 세상을 만드는 데 기여하는 일이기도 합니다.

이 책을 읽고 나면 세 가지 마음이 생겨날 것입니다. 첫째, 자서전 쓰기 별거 아닌데? 둘째, 자서전, 나도 쓸 수 있겠는데? 셋째, 그래, 나도 자서전 한번 써보자. 아무쪼록 이 책을 읽고 당장 자서전 쓰기에 돌입하기를 기대합니다.

글쓰기는 글을 쓰는 사람을 위해

가장 먼저 쓰입니다

– 「글쓰기가 필요한 시간」 중에서 –

마흔일곱 번째 가을 앞에서

기록디자이너 윤슬

"스크루지 영감이 운이 좋다는 생각 해 보셨어요?"

「크리스마스 캐럴」이라는 작품 알고 계시죠?

크리스마스이브, 구두쇠 스크루지에게 죽은 동업자 말리가 찾아와 잠시 후 세 명의 유령이 찾아올 거라고 전해 줍니다. 당황한 스크루지는 말리에게 왜 유령이 되어 자신을 찾아왔는지 물어보았습니다. 그러자 말리는 스크루지에게 아직 기회가 남아 있다는 말과 함께 자신처럼 끝내지 말고 남은 기회를 잘 살리라고 당부합니다. 밤 12시, 말리의 예언대로 세 명의 유령이 찾아옵니다. 과거, 현재, 미래의 유령인데요. 과거의 유령은 스크루지를 어린 시절로 데려갑니다. 그리고 현재의 유령은 크리스마스 파티에 자신을 초대했던 조카의 집과 직원의 집으로 데려가 그들이 어떤 이야기를 나누는지, 어떤 마음으로 스크루지를 바라보고 있는지 보여 줍니다. 가장 마지막에 나타난 미래의 유령은 어느 장례식장으로 그를 데려갑니다. 바로 스크루지의 장례식장이었는데요. 누가 찾아오고, 어떤 이야기를 나누는지 들려줍니다. 직원의 아들이 어린 나이에 죽자 많은 이가 애도하고 슬퍼했지만, 스크루지의 죽음을 슬퍼하는 사람은 단 한 명도 없었죠. 자신의 장례식에서 돌아온 스크루지는 결심합니다. 아직 자신에게 기회가 남아 있다는 사실에 감사하면서 지금부터라도 다른 삶을 살겠다고 다짐합니다. 더 많이 웃고, 더 많이 베풀고, 더 많이 기뻐하는 방식을 선택합니다.

어릴 때 「크리스마스 캐럴」을 읽으면서 무섭다는 생각을 했었습니다. '만약 갑자기 나에게 유령이 찾아오면 어떻게 하지?', '유령이 와서 나를 데려간다고 하면 어떻게 하지?'. 그러면서 한편으로는 '어느 시절로 가면 좋을까?'라는 생각도 했던 것 같습니다. 하지만 마흔을 훌쩍 넘기면서부터는 「크리스마스 캐럴」을 바라보는 마음에 변화가 생겼습니다.

'스크루지는 진짜 운이 좋은 사람이야.'

왜냐고요? 그는 삶을 되돌아볼 기회를 얻었으니까요. 다시 새롭게 시작할 기회를 만났다는 건 행운이지 않을까요? 사실 되돌아볼 기회를 가져 보기는커녕 남은 인생을 어떻게 살아가야 할지 몰라 방황하는 경우가 많습니다. 익숙한 대로, 습관처럼 살아가는 사람이 많잖아요. 그런 점에서 스크루지는 지난날의 역사를 바꿀 순 없어도 앞으로 남아 있는 역사는 새롭게 쓸 수 있게 되었으니, 이쯤 되면 행운아 아닐까요?

질문 하나 해 볼게요. 인생이 뜻대로 잘 풀린다고 여길 때나 아무 문제가 없다고 생각될 때는 결코 묻지 않는 질문이지만, 뭔가 제대로 풀리지 않는다고 여겨질 때나 뜻대로 되지 않는다는 생각에 마음이 속상할 때 이런 질문 떠오르지 않으세요?

"나는 지금 잘 살고 있을까?"

죽은 말리가 스크루지를 찾아간 이유도 바로 이 질문 때문이었다고 생각해요.

"스크루지. 지금 자네 잘 살고 있는가?"
"나? 나 말이야?"
"그래, 자네 말이야. 지금 잘 살고 있다고 생각하는지 물어보러 왔다네."

"나? 음…. 나는 말이지…."

"지금 잘 살고 있나요?"

어느 날 갑자기 누군가 질문을 던져온다면, 어떤 대답을 들려주시겠어요?

몇 년 동안 글쓰기, 삶 쓰기 수업을 진행하고 있어요. 그 과정에서 놀라운 경험을 했습니다. 그동안 의미 없다고 여겼던 시간이 더없이 소중한 경험으로 바뀌는 풍경, 마음속의 응어리를 풀어 백지 위로 하나씩 흘려보내는 모습, 유한함을 인식하는 것은 물론 삶에 대한 존경심으로 확장하는 순간을 여러 번 목격했어요. 인생의 비밀을 발견하는 시간이었던 것 같아요. 그러면서 혼자 되뇌었어요.

'모두 누구나의 인생, 저마다의 인생을 살아가고 있구나.'
'한 번뿐인 인생, 잘 살고 싶은 마음에는 차이가 없구나.'

자서전 쓰기를 도와줄 책을 출간하고 싶다는 생각은 오래되었어요. 하지만 서술식이나 전달식이 아닌 새로운 방식으로 접근하고 싶었어요. 친정엄마가 첫 책을 준비하는 모습을 지켜보면서 사명감을 느끼기도 했는데, 벌써 4년이 흘렀네요.

"내 이야기도 책이 될 수 있을까?"

스토리텔링 방식으로 전개되는 자서전 안내책이라고 표현하면 적당할 것 같아요. 마치 자서전 쓰기 수업에 참여하고 있다는 느낌으로 구성했어요. 몇몇 가상 인물이 수업에 참여하면서 직접 글을 쓰고, 발표하는 형식으로 총 12회 수업이 진행되어요. 글쓰기를 하려고 하면 막상 어디에서부터, 무엇부터 시작해야 할지 막막해지는 경우가 많잖아요. 자서전도 비슷하리라 생각했어요. 그래서 주제에 대해 가상 인물이 번갈아 가며 자신이 쓴 글을 발표할 때, 그들의 글을 읽으면서 자신감을 얻어 스스로 글을 쓰도록 돕고 싶었어요. 물론 수업마다 글쓰기 Tip도 잊지 않았어요. 자서전에 넣을 나만의 글도 완성하고, 글쓰기 Tip을 배우는 일석이조의 시간을 준비했어요.

"내 얘기를 묶으면 한 권의 책으로도 부족해."

이렇게 얘기하시는 분이 많아요. 하지만 '꿰어야 보배'라는 말이 있잖아요. 생각으로 끝내지 마시고 이번 기회에 구체적이고 현실적인 방법으로 정리해 보는 시간을 가져 보세요. 단순히 과거의 경험으로 덮어 두지 말고, 그런 경험이 내 인생에 어떤 영향력을 발휘했는지 목격자가 되어 하나씩 재해석해 보는 거죠. 놓치고 있었던 소중한 추억이 떠올랐다면 곱게 매만지는 시간으로 만드셔도 좋을 것 같아요.

"내가 무슨 자서전?"
"아닙니다. 내가 쓰지 않으면 누가 나의 자서전을 써 주겠어요? 어떤 사람이 내 삶의 의미를 대신 밝혀 줄 수 있겠어요? 다른 사람이 대신 살아 줄 수 없는 것처럼, 인생의 의미를 밝히는 작업도 다른 사람이 해 줄 수 없답니다."

자서전 쓰기, 인생의 터닝포인트가 될 거라고 확신해요. '지금까지의 삶'에 대한 기록을 통해 '지금부터의 삶'이 더 당당하고 담대해질 것입니다. 과거에 대한 안타까움과 아쉬움을 넘어 현실을 더 명확하게 바라보고, 앞으로 어떻게 살 것인지 마음을 밝힐 절호의 기회가 될 거예요. 자서전을 대필해 줄 사람을 찾아다니지 마세요. 이미 여러분 마음 안에 모든 것이 준비되어 있어요. 그저 해야 할 일이 있다면 저와 함께 책을 읽어 나가면서 하나씩, 하나씩 경험, 감정, 생각, 다짐을 들여다보고 글로 표현하시면 됩니다. 그러다 보면 어느 순간 '벌써? 내가 이만큼 썼어?' 하고 놀라는 순간을 맞이하게 될 거예요.

자, 준비되셨죠?
인생의 터닝포인트가 될 자서전 쓰기 수업,
지금 시작할게요.

목차
CONTENTS

TO

반갑습니다

안녕하세요. 오늘부터 12회 동안 여러분과 함께 〈내 이야기도 책이 될 수 있을까?〉 수업을 꾸며 나갈 윤슬이라고 합니다. 반갑습니다. 어색하시죠? 분위기 한번 바꿔 볼까요? 음, 다 같이 크게 박수 세 번 치고 시작해 보면 어떨까요?

짝! 짝! 짝! (웃음)

이번 자서전 쓰기 수업에는 다섯 분이 참여하셨네요. 오늘은 첫 수업이니까 간략하게 자기소개를 하고, 이 수업에 참여하게 된 이유가 무엇인지 얘기 나누면서 시작해 볼게요. 12회 동안 같은 배를 타고 항해할 동지들인데, 소개 부탁드려요. 파란색 티셔츠 입고 계신 분, 먼저 소개 부탁드려도 될까요?

"아…. 저 말씀이시죠? 저는 권성태라고 합니다. 제 아내는 이곳에서 진행하는 독서 모임, 글쓰기, 자서전 쓰기 수업을 모두 참가했습니다. 그러면서 독서 모임은 나중에 하더라도 자서전 쓰기 수업이 제게 도움이 많이 될 거라며 추천해 주었습니다. 처음 아내가 자서전 쓰기 수업을 신청했다고 얘기했을 때 '아직 젊은데 무슨 자서전…'이라고 말했습니다. 하지만 아내가 한 번만 들어보라고, 아니면 밥을 안 해 준다고 해서 (웃음) 못 이기는 척 참가하게 되었습니다."

반갑습니다, 성태 님. 그러잖아도 수업 시간에 아내분이 몇 번 말씀하셨어요. 수업 끝나고 나면 남편을 꼭 등록시킬 거라고. (웃음) 만나서 반갑습니다. 이번에는 성태 님 오른쪽으로 가 볼게요. 네, 맞아요. 방금 저랑 눈 마주치셨죠?

"네. 저는 이영찬이라고 합니다. 올해 육십입니다. 저는 주위에 자서전을 쓴 친구가 몇 명 있습니다. 친구들이 자서전 쓰고 나서 이유는 모르겠지만, 뭔가 달라진 느낌이 보기 좋았고, 주변에서 추천하길래 참가해 보았습니다. 잘 부탁드립니다."

사실 낯선 곳에서 새로운 일에 참여하는 것이 쉬운 일이 아니죠. 영찬 님의 용기에 큰 박수를 보내드립니다. 자서전을 쓴 후 달라지셨다는 친구분들의 모습이 영찬 님에게서도 발견되도록 저도 최선을 다하겠습니다. 만나서 반갑습니다. 영찬 님 뒤에 앉으신 분, 맞습니다. 줄무늬 티셔츠 입으신 여자분.

"저는 최인주입니다. 올해 스물아홉입니다. 혹시 스물아홉이면 여기 참여할 수 없는 건 아니죠? (웃음)"

무슨 말씀이세요? 그럴 리가요? 절대로, 잘 오셨어요! (웃음)

"다행입니다. 저는 현재 새로운 일자리를 찾고 있습니다. 전에 다니던 직장에서 나와 몇 군데 아르바이트하다가 현재는 쉬고 있습니다. 구직 사이트를 찾아보다가 우연히 이런 프로그램이 있다는 것을 발견했습니다. 답답한 마음에 일단 뭐라도 해 보자는 생각으로 시작해 봤습니다. 잘 부탁드립니다."

인주 님, 만나서 반갑습니다. 그러니까, 지금 얘기는 자서전 쓰기 수업이 구직 사이트를 이겼다는 말씀이시죠? (웃음) 제가 운이 좋은데요. 그리고 무엇보다 스물아홉, 이렇게 일찍 삶을 되돌아볼 기회를 가진 인주 님이 참 행운아라는 생각을 해 봅니다. 이제 네 번째 분이네요. 네, 맞습니다.

"안녕하세요. 저는 한경희라고 해요. 저는 글쓰기 수업인 줄 알고 신청했는데, 알고 보니 자서전 쓰기 수업이었어요. 그래서 지금 고민 중이에요. 다음 주에 나와야 하나, 말아야 하나…. (웃음) 도망갈 수도 있어요…."

아? 그러셨군요. 시절인연(時節因緣)이라는 말이 있잖아요. 글쓰기인 줄 알고 신청했다는 것도 인연이 있어야 가능하지 않았을까요? 그리고 자서전을 쓰다 보면 저절로 글쓰기에 참여하게 되는 거니까 본래의 목적도 달성하실 수 있을 거예요. 고민 내려놓으시고, 그냥 한번 해 보면 어떨까요?

이제 마지막 분이네요. 지금 저와 책으로 만나고 계시죠? 자기소개 부탁드려도 될까요? 이름은 무엇인지, 어떤 일을 하시는지, 어떻게 이 책을 만나게 되셨는지, 자서전을 쓰고 싶은 이유는 무엇인지, 편하게 적어 주시면 될 것 같아요. 다음 페이지에 예쁜 공간 보이시죠? 거기 채워 주시면 좋을 것 같아요.

자기소개 부탁할게요

모두 소개가 끝난 것 같은데요. 이제 수업 방향과 앞으로 어떤 방식으로 진행될지 알려드릴게요. 매주 수업 시간에 여러분이 글을 쓸 수 있도록 마음의 온도를 높여드린 후, 20분 글쓰기 훈련 시간을 진행합니다. 정해진 시간 동안 글을 쓰시고, 쓴 글을 낭독하는 방식으로 수업이 이뤄집니다. 그러니까 수업 시간에 참여만 해도 최소한 12편의 글을 완성하게 되는 셈이죠. 수업 시간에 마무리하지 못한 글은 다음 수업 전까지 마무리해 오시면 됩니다. 참 쉽죠? (웃음)

오늘은 첫날이니까 조금 일찍 마칠게요. 대신 다음 수업에 오시기 전까지 과제가 있어요. 바로 내 인생의 흔적 찾아오기입니다.

"내 인생의 흔적 찾아오기, 어떻게 하는 거죠?"

설명해 드릴게요. 내 인생의 포인트를 찾아 오는 건데요. 쉽게 표현하면 몇 년도에 태어났는지, 초등학교에 언제 입학하고 언제 졸업했는지, 결혼은 언제 했는지, 직장 생활은 어디에서 시작했는지, 몇 년도에 다른 직장으로 이직했는지 등 지금까지 걸어온 길을 시간 순서대로 나열하면 됩니다. 이때 기억해야 할 아주 중요한 한 가지가 있습니다. 성공과 실패라는 이분법적인 관점으로만 바라보지 마시라는 겁니다. 제3자가 되어 객관적으로 사실을 나열하는 것이 중요합니다.

　몇 년도에, 누구와 함께, 어디에서 무엇을 하면서 보냈는지 정리해 본다는 마음으로 작성해 오시면 됩니다. 기억나지 않으면 부모님이나 배우자에게 물어보고, 일기장이나 다이어리를 찾아보셔도 됩니다. 가능한, 최대한 정확하게 작성하시기를 추천드립니다. 다시 한번 강조하지만, 지나온 시간을 후회하면서 어떻게 하면 다시 돌아갈 수 있을까, 그런 생각은 지워 버리세요. 내가 걸어온 길, 내가 만들어 온 길을 눈앞에 펼쳐 놓는 것이 목적입니다. 어떤 길을 걸어서 여기까지 왔는지, 가물가물해진 기억에 힘을 보태어 기록으로 옮겨 오세요. 일주일 남아 있으니까 천천히 생각해 보시고 할 수 있는 데까지 적어 오세요. 그럼, 다음 주에 뵐게요.

내 인생의 흔적 찾아오기

1

내가
걸어온 흔적

안녕하세요. 일주일 동안 모두 잘 지내셨어요?

"네, 잘 지내긴 했어요. 과제만 아니었으면….”
"애들이 숙제를 싫어하는 이유를 알 것 같았어요. (웃음)”
"막상 적으려고 하니까 뭘 적어야 할지 잘 몰라서 힘들었습니다.”
"기억도 잘 안 나고…. 아내한테 물어서 적었어요. (웃음)”

맞습니다. 따로 정리해 놓지 않으면 글을 쓰려고 할 때 기억이 나지 않아서 어려워요. 그런 말 있잖아요. '기록이 기억보다 힘이 세다', '기록이 기억을 이긴다'. 기록의 힘을 강조하는 문장이 많은데, 그냥 하는 말이 아니에요. 아마 주변 사람들에게 확인한 경우도 많으셨을 거예요. 개인적으로 기억에 남는 사건은 금방 떠올랐겠지만.

내 인생의 흔적 찾기, '인생 곡선'이라고 표현하기도 하는데요. 모두 과제를 해 오셨을 거라고 생각해요. 모두 발표하면 가장 좋겠지만, 수업 시간이 짧으니 한 분만 발표 부탁드릴게요. 성태 님, 부탁드려도 될까요?

"저… 말씀이세요? 아무래도 앞으로 계속 제가 1번이 될 것 같은 불길한 느낌은 뭘까요? (웃음) 조금 쑥스럽긴 합니다만,

일단 읽어 보겠습니다."

"좀 떨립니다. 음….
1974년 부산에서 태어났습니다.
1987년 중학교 입학.
1990년 고등학교 입학.
1993년 고등학교 졸업.
1993년 입대.
1996년 제대.
1996년 ~1998년 아르바이트(공사현장, 편의점, 주유소).
1998~2007년 병원 원무과에서 근무했습니다.
2006년 결혼. 신혼여행은 태국으로 갔습니다.
2008~2013년 아파트 관리실에서 일했습니다.
2008년 아들 태어남. 가족 여행 적금 시작.
2012년 가족 여행(제주도).
2014~2021년 물류회사 자재 관리 일을 하고 있습니다.
아들 현재 17살, 고등학교 1학년입니다.
여기까지입니다."

성태 님, 과제 하신다고 수고 많으셨습니다. 첫 발표인데,
많이 떨리셨죠? 감사합니다. 그런데 성태 님에게 물어보고 싶
어요. 이번 과제를 준비하는 동안 어떤 마음이 들었는지, 어

떤 생각을 가장 많이 했는지 궁금합니다.

"처음 과제를 주셨을 때 쓸 게 딱히 없을 것 같았습니다. 몇 개 적으면 끝이겠구나 싶었습니다. 그래서 몇 개 적었는데, 적다 보니까 계속 생각이 났습니다. 신혼여행으로 다녀온 태국, 아들 태어난 후 떠났던 제주도 여행, 가족여행을 위해 아내와 열심히 적금을 넣자고 다짐했던 날도 생각났습니다."

성태 님, 정말 중요한 이야기를 해 주셨습니다. 생각의 꼬리를 물고 이어간다는 표현이 있죠? 가만히 생각해 보면 우리는 살면서 좋은 기억을 많이 남겼습니다. 하지만 꼼꼼하게 챙겨 놓지 않아서 사라진 것이 많아요. 마치 처음부터 없었던 것처럼 말이죠. 하지만 잠시 여유를 가지고 기억을 떠올려 보면 좋았던 시간, 공간, 사람이 생각납니다. 꼬리에 꼬리를 물면서 말이죠. 다른 분들 역시 과제를 잘해 오셨을 거라 생각하고, 일단 오늘 수업 진행해 볼게요.

오늘 자서전 쓰기 키워드는 '나의 어린 시절'입니다.

"어린 시절이라면 언제를 말씀하시죠?"

좋은 질문입니다.

여기서 어린 시절은 여러분이 기억하는 가장 어릴 때의 기억입니다. 일단 마음을 가다듬어 볼까요? 크게 호흡 세 번 정도 들이마시고 내쉰 다음, 가만히 생각해 보세요. 내가 기억하는 나의 가장 어릴 때 기억은 무엇인지, 그 장소가 어디였는지, 누구와 함께 있었는지 떠올려 보세요. 물론 누군가에게 들은 이야기일 수도 있고, 생생하게 기억나는 장면일 수도 있어요. 그 기억을 기록으로 옮겨 볼게요. 떠오르는 감정이나 생각을 글로 표현해 보는 거예요.

　"선생님, 저는 기억 나는 게 없습니다. 제가 밤낮이 바뀌어서 부모님이 고생하셨다는 얘기만 들었지…."

　그 이야기도 좋습니다. 아마 부모님이 그 이야기를 하시면서 함께 전해 준 다른 이야기도 있을 거예요. 자세한 상황을 모르는 경우도 있을 텐데요. 그럴 때는 부모님에게 그때의 이야기를 자세히 들려 달라고 해 보세요. 당시 어떤 상황이었는지, 도대체 얼마나 고생을 시켜드렸는지, (웃음) 부모님 얘기 한번 들어 보세요. 함께 얘기를 나누는 것만으로도 뜻깊은 시간이 될 거예요. 그뿐만 아니라 잊고 있었던 아주 소중한 추억을 선물처럼 받게 될 거예요.

"선생님, 저는 어릴 때 아버지가 저를 업어 준 기억이 있는데, 아버지가 몇 년 전에 돌아가셨어요. 그래서 자세하게 물어볼 수가 없는데 어쩌죠?"

그런 경우에는 경희 님의 기억을 최대한 상세하게 살려내는 것이 관건일 것 같아요. 대략 언제였는지, 밤이었는지, 낮이었는지, 나이는 몇 살이었는지, 옆에 누가 있었는지, 아버지 등에 업혔을 때의 느낌은 어땠는지, 그때 아버지가 들려준 이야기는 없었는지 기억을 한번 더듬어 보세요. 역시 아버님의 흔적을 찾을 수 있는 내용을 가진 분이 주변에 계시면 여쭤보는 것도 좋을 것 같아요.

"네, 알겠습니다. 한번 해 볼게요."

조금 감을 잡으셨죠? 한번 적어 볼게요. '내가 기억하는 가장 어린 시절'이라는 제목으로 기억나는 만큼, 떠오르는 만큼 적어 보세요. 아마 20분 만에 완성하기는 어려울 거예요. 일단 오늘 할 수 있는 데까지 하시고, 집에서 마무리하셔서 다음 시간에 가져오시면 됩니다.

이제 글쓰기 훈련 할 시간인데요. 수업 시간마다 글쓰기 Tip을 하나씩 알려드릴 예정이에요. 머릿속에 반드시 기억해야겠다는 마음보다 '아, 이런 게 있구나!' 정도로 생각하시고 읽고 지나치면 됩니다. 시간이 지나면 언젠가 나도 모르게 '아, 이게 그 얘기였구나!' 하고 번쩍, 깨달음이 오는 날이 있을 거니까요.

마구 쓸 수 있는 사람이
결국 잘 쓰게 됩니다

오늘 여러분에게 전해 드릴 글쓰기 Tip은 '마구 쓰기'입니다. 처음 글을 쓸 때는 어디서부터 어떻게 시작해야 할지, 이게 말이 되는지 안 되는지 생각하다가 첫 줄도 못 쓰고 끝내는 경우가 많습니다. 그래서 첫 번째 수업 시간마다 강조합니다. 마구 쓰면 된다고, 처음 떠오르는 것을 붙잡고 써 내려가면 된다고. 글쓰기를 잘하는 지름길은 따로 없습니다. '글쓰기'를 떠올리는 순간, 여러분이 함께 떠올려야 하는 문장은 이것입니다.

"마구 쓰다 보면 마구 잘 써지는 날이 온다!"

머릿속에 있는 검열자를 잠재워야 합니다. 이건 되고, 저건 안 되고, 이렇게 하면 되고, 저렇게 하면 안 되고 하다 보면 날이 샌다는 말이 있습니다. 이런 글도 괜찮은지, 써도 되는 지 물어볼 필요 없습니다. 마구 쓸 수 있는 사람이 결국 잘 쓰게 되어 있습니다. 아직 먼 이야기지만 우리에겐 퇴고, 다시 말해 고쳐쓰기 시간이 있습니다. 쓴 글을 나중에 고치면 더 좋은 글이 됩니다. 지금은 글쓰기가 만만해지고, 만만하게 쓴 글을 저축하듯 쌓아 가는 것이 중요합니다. 떠오르는 대로, 생각나는 대로 무조건 글로 옮겨 보세요. 이해하셨죠? 일단 20분 동안 적어 보고, 나머지는 집에서 마무리해 오시면 됩니다.

책으로 만나는 분도 다음 페이지에 보이시죠? 한번 적어 보세요. '내가 기억하는 가장 어린 시절'이라는 주제로 20분 시간을 정해 놓고 마구 쓰시면 됩니다.

시작할게요.

내가 기억하는 가장 어린 시절

2

내가 기억하는
가장 어린 시절

두 번째 시간이네요. 일주일 동안 잘 지내셨죠? 글쓰기 과제 어떠셨어요? '가장 어린 시절'이라는 조건 때문에 어려웠을 수도 있고, 기억이 잘 나지 않았을 수도 있을 것 같은데요. 인주 님, 과제 하시면서 어려운 점이 있었나요?

"제가 여기 계신 분들보다 나이가 좀 어린 편인데, 어릴 때 기억이 잘 나지 않는 건 왜 그럴까요? (웃음)"

다른 분들 웃음 참는 것 보이시죠? 모든 걸 기억할 수 있는 사람은 없답니다. (웃음)

"저는 기억이 잘 나지 않아 엄마에게 물어봤어요. 엄마가 그러시던데, 어릴 때 엄마가 부엌에서 밥을 하는데 방에서 자꾸 캑, 캑 이상한 소리가 나더라는 거예요. 무슨 일인가 싶어서 방문을 열어 봤다가 깜짝 놀라셨대요. 제가 누워 있는 동생 입에 빵을 넣어 주면서 빨리 먹으라고 재촉하고 있었다는 거예요. 그러면서 보니까 동생 입에 빵이 잔뜩 들어가 있었다고 해요. 그때 얼마나 놀랐는지 모른다고 말씀하셨어요. 엄마가 저를 혼냈다는 얘기는 안 하셨지만, 아마 저 많이 혼났을 것 같아요. (웃음)"

어머니가 정말 놀라셨겠는데요?

"그렇죠? 그 이야기를 재미있게 적어 보려고 했는데, 막상 시작하려고 하니까 어디서부터 출발해야 할지 도무지 감이 잡히지 않았어요. 그러면서 갑자기 어릴 때 제가 세발자전거 타기를 좋아했던 기억이 나는 거예요. 동생이랑 밖에 나가면 꼭 제가 앞자리에 앉았거든요. 그때 생각이 나서 그 기억을 떠올려 한번 적어 봤어요."

세발자전거, 기대되는데요? 발표 부탁드릴게요.

"잘 쓰지는 못했어요. 막 쓰라고 하셔서 진짜 막 썼어요."

막 썼으면, 진짜 잘하신 거예요. 함께 들어 볼게요.

"자세하게 기억나지는 않지만 어릴 때도 조금 활발한 편이었던 모양이다. 적극적이었다고 해야 할지도 모르겠다. 엄마가 잠시 자리를 비운 사이 나는 갓난아기였던 동생의 입에 빵을 자꾸 밀어 넣어 주었다고 한다. 부엌에서 달려온 엄마에게 아기가 잘 안 먹는다고, 답답하다는 표정을 지었다고 한다. 엄마가 그 얘기를 전해 주면서 나를 혼냈다는 말은 하지 않았지만 모르긴 몰라도 엄청 혼났을 것 같다. 엄마가 가끔 들려주는 이야기를 대충 조합해도 활발하고 적극적인 성격이었던 것 같다. 집 옆에는 복개천이 흐르고, 주위에는 몇몇 친척이 살고 있었던 것으로 기억난다. 집에는 작은 마당이 있었는데, 화단이 있어 엄마가 그곳에 꽃과 나무를 심어 놓고 키우셨다. 언젠가 화단이 없어지면서 식물이 하나, 둘 화분으로 옮겨졌고 거실 햇볕이 잘 드는 곳에서 제자리를 잡아 나갔다. 그때부터 거실에는 언제나 화분이 있었고, 매년 꽃을 피웠다.

  화단 앞에서 동생과 둘이 찍은 사진이 있다. 동생은 자전거 뒤, 앞에는 내가 앉아 있는 사진이다. 엄마는 내가 대장 역할을 좋아했고, 항상 앞자리를 고집했다는 명확한 증거물이라고 했다. 동생이 순해서 언제나 나에게 양보했다고 하는데, 양보해 주었는지 내가 고집을 부려 억지로 자리를 뺏은 건지 잘 모르겠다. 세발자전거를 타고 온 동네를 누비고 다니면서 여기저기 아는 척을 했다. 그렇게 동네를 순찰하듯 한 바퀴 돌고 기분 좋게 집으로 돌아왔던 기억이 난다. 자세히는 모르겠지만 우리 집은 넉넉한 살림이 아니었다. 엄마는 쉬는 날 없이 계속 부업을 했던 기억이 떠오른다. 밤 까기, 마늘 까기. 그런데도 그 시절, 그렇게 비싸 보이는 자전거가 집에 있었다는 사실을 이번에 처음 알게 되었다. 그 사실이 놀라웠다."

  인주 님, 세발자전거에 대한 기억을 잘 옮겨 주셨네요. 기억이 잘 나지 않는다고 했는데, 막힘 없이 잘 적어 주셨어요. 부모님 사랑도 느껴지고, 인주 님의 씩씩함을 발견할 수 있는 글이었습니다. 한 분만 더 발표 부탁해도 될까요? 이번에는 경희 님, 괜찮을까요?

"네? 선생님…. 저도 선생님 말씀대로 막 써 왔어요."

제가 막 써 오라고 했잖아요. 막 쓴 거라면 진짜 잘 쓰신 거라니까요.

"용기 내어 한번 읽어 볼게요. 아버지는 교육자셨다. 아버지는 언니와 오빠 그리고 나에게 따뜻한 모습을 보이는 것을 무엇보다 경계하셨다. 귀할수록 엄하게 키워야 한다는 말을 아버지는 백 퍼센트 실천에 옮긴 분이셨다. 그래서인지 막내였던 나는 아버지가 어려웠다. 아버지를 찾기보다는 엄마를 찾았고, 언니 아니면 오빠를 찾았다. 명절에 할머니 댁에 갔을 때였다. 어떤 음식 때문에 탈이 났는지 모르겠지만, 배가 아파 밤새 잠을 잘 수 없었다. '엄마 손은 약손'이라며 엄마가 계속 배를 만져 주었지만 도무지 나아질 기미가 보이지 않았다. 연신 배가 아프다는 소리에 식구들이 하나, 둘 잠에서 깨어날 즈음이었다. 갑자기 가슴 속이 답답해져 왔고, 엄마의 소맷자락을 붙잡고 이야기했다. '엄마 밖에 나가고 싶어.' 하루 종일 음식을 만든다고 피곤했던 탓일까. 엄마는 내 말을 알아듣지 못한 채 축 늘어진 목소리로 같은 말만 되풀이했다. '엄마 손은 약손, 엄마 손은 약손….' 어린 나이에 염치가 있었던 건지, 아니면 배가 아파 목소리가 나오지 않았는지 작은 목소리로 계속 엄마에게 속삭였다. '엄마, 밖에 나가고 싶어.' 역시 대답이 없었다. 지금도 그때의 어렴풋한 감정이 떠오른다. '엄마는 나보다 잠이 더 좋은 거야?' 그런 생각을 하면서 계속 엄마를 부를 때였다. 귀에 익은 목소리가 들려 왔다. '가자. 밖에 가자.' 아버지였다. 조심스럽게 이불을 밀쳐 놓으면서 아버지가 일어나셨고, 두 손으로 번쩍 나를 안아 올려 주셨다. 엄마가 아니어서 당황한 것은 잠깐이었다. 밖에 나간다는 사실에 나도 모르게 웃음이 터져 나왔다. 하여간 아버지 품에 안겨 밖으로 나왔다. 밖에 나오기만 했는데 가슴이 뻥 뚫리는 기분이었다. 휘영청 밝은 달이 할머니 집 마당의 커다란 대야에서 나를 바라보고 있었다. 나를 등에 업은 아버지는 천천히 마당을 거닐었다. 아버지는 노래를 모르는 줄 알았다. 노래하는 모습을 한 번도 본 적이 없으니까. 하지만 그날 알았다. 아버지가 노래를 부를 수 있다는 것을. 등에서 잠결에 듣기는 했지만 아버지가 노래를 불러 주었다. 그것도 자장가를. 아버지가 자장가를 불러 준 처음이자 마지막 날이었다."

경희 님 글이 마치 사진을 보는 것처럼 눈앞에 생생하게 그려지는 느낌이에요. 어느 달 밝은 밤, 아버지 등에 업혀 마당을 함께 거니는 모습이 눈앞에 그려집니다. 대야에 비친 동그란 달이 나를 바라보고 있었다는 표현도 참 좋았습니다. 두 분 발표 감사드립니다. 글을 쓰는 동안 따뜻하고 행복한 시간이 되었기를 바랍니다. 다른 분들도 과제를 해 오셨을 것 같은데요. 발표는 여기까지 하고 오늘 수업 진행할게요. 오늘 자서전 쓰기 키워드는 '나의 부모님'입니다.

"부모님이면 두 분 모두? 아니면 한 분만?"

두 분 모두에 대해 글을 쓰셔도 되고, 한 분에 대해서만 글을 쓰셔도 됩니다. 우리는 독립적으로 살아간다고 말하지만 부모님과의 연결고리가 있습니다. 부모님으로부터 얼마나 독립적으로 살아가는지에 관해 적어도 좋고, 부모님이 나에게 기대하셨던 것이 무엇인지 적어도 좋습니다.

예전에는 집에 가훈이 있어서 그것에 얽힌 추억도 많으시던데 그런 내용을 적으셔도 되고, 평소 부모님의 생활이나 모습을 표현하셔도 좋습니다. 유독 부모님이 자주, 반복적으로 하는 말씀이 있잖아요. 그 이야기도 좋습니다. 부모님에게 물려받은 정신적인 유산이라는 표현도 괜찮을 것 같습니다. 제가 말씀드린 것 외에도 부모님과의 추억이 많을 거라고 생각합니다. 물론 부모님이 아닌 조부모님과 함께 생활하신 분들은 그분들과의 추억을 두레박으로 건져 올리시면 됩니다.

부모님, 조부모님, 누구든 나에게 영향을 준 첫 번째 어른입니다. 그 기억을 떠올리며 적어 보겠습니다. 20분간 글을 쓰고, 마무리하지 못한 부분은 집에서 해 오시면 됩니다.

짧은 문장으로
명확함과 간결함을 챙기세요

　오늘의 글쓰기 Tip은 '단문 쓰기'입니다. 좋은 글에는 리듬이 살아 있습니다. 다시 말해 강약이 느껴지는데요. 문장으로 얘기하면 긴 문장과 짧은 문장이 리듬을 타면서 이끌고 나가면, 읽는 맛도 있고 즐거움도 느껴집니다. 하지만 그건 어느 정도 숙련된 분에게 해당하는 얘기입니다. 처음은 대부분 단문, 짧게 쓰는 것을 말씀드립니다. 멋지고 길게 적었는데 무슨 소리인지 이해하지 못하는 것보다 짧게라도 읽는 사람이 금방 이해할 수 있는 글을 쓰는 게 더 좋다고 얘기합니다. 긴 문장의 섬세함과 화려함도 좋지만, 자칫 주어와 서술어의 호응이 맞지 않아 전하고자 하는 의미를 제대로 전달하지 못하는 경우가 생깁니다. 멋있게 쓰려고 한다거나 화려한 문장으로 길게 쓰려고 하면 종종 그런 경우가 생깁니다.

　「글쓰기가 필요한 시간」에서 언급했는데요. 긴 칼 휘두르다가 자기 손가락을 벨 수 있습니다. 짧은 칼로 여러 번 손질하는 것이 오히려 더 좋은 결과를 만들 수 있습니다. 그런 측면에서 멋있고 복잡한 문장에 욕심을 내기보다는 짧고 간결하게, 이해하기 쉬운 글을 쓰겠다는 마음으로 글을 쓰시면 좋겠습니다. 짧게 쓰다 보면 길게 쓰고 싶은 날이 오는데, 그때 짧게 쓰면서 붙은 자신감이 긴 문장을 든든하게 받쳐 줄 겁니다.

 책으로 만나는 분도 이해되었는지 모르겠습니다. 자, 이제 다음 페이지 보이시죠? 글쓰기 훈련 시작하겠습니다. '나의 부모님'이라는 주제로 20분 시간을 정해 놓고 쓰시면 됩니다. 시작할게요.

나의 부모님

3

부모님에게서
물려받은 것

부모님에 관한 글쓰기를 하셨는데, 글을 쓰는 동안 어떤 생각과 마음이 들었는지 궁금합니다. 어떠셨어요?

"부모님 이야기를 쓰려고 하니 마음이 조금 이상했어요. 그러면서 생각했어요. 부모님에 관해 생각하는 시간을 따로 가져 본 적이 없었구나. 한 번도 부모님의 삶을 궁금해하지 않았구나. 그래서 과제를 하는 것이 좀 부담스러웠지만, 그래도 나름대로 의미를 느낄 수 있는 시간이었습니다."

성태 님, 좋은 말씀 감사합니다. 정말 그런 마음에서 드린 과제입니다. 한 번도 생각해 보지 못하고 살아왔을 수 있습니다. 우리의 뿌리인 그분들이 없었다면 우리는 존재하지 못했을 것입니다. 부모님에게서 좋은 것만 물려받고, 좋은 추억으로만 가득하면 가장 이상적이겠지만, 설사 그렇지 않다고 해도 부모님은 우리 삶에서 부정할 수 없는 환경이고, 조건이며, 현실입니다. 그분들을 이해하기 위해 노력해 보는 것 자체가 나를 이해하는 출발점이 될 수 있습니다. 그 연장선에서 제시한 글쓰기 과제였습니다. 성태 님, 발표 부탁드려도 될까요?

"네, 한번 해 보죠."

흔쾌히 응해 주셔서 감사합니다. 함께 들어볼게요.

"당시 아버지는 집안에서 유일하게 고등학교까지 공부를 마친 엘리트였다. 대학은 엄두를 낼 형편이 아니었다. 아버지는 고등학교를 마치자마자 서울로 올라왔다. 한눈팔면 코를 베어 간다는 서울로 올라간다는 얘기에 할아버지의 반대가 심하셨다고 들었다. 이유는 한 가지, 장남은 고향을 지켜야 한다는 것이었다. 언젠가 술을 거나하게 마신 어느 날, 하소연하듯 내게 아버지의 세 가지 잘못에 관해 이야기하셨다. 부모님의 뜻을 거역한 불효자라는 말과 함께. 아버지는 할아버지의 반대를 외면하고 서울행을 감행한 것이 첫 번째 잘못이라고 말씀하셨다. 두 번째는 서울에서 만난 아가씨, 그러니까 어머니와의 결혼이라고 하셨다. 서울 어느 공장에서 일하게 되면서 어머니를 만났다고 한다. 어머니는 아버지를 계속 거절했는데 아버지가 끝까지 따라다녔다고 한다. 결국 관계를 발전시킬 수 있었고, 결혼 이야기가 오갔다고 한다. 아버지는 마치 장원급제라도 한 것처럼 어머니를 데리고 할아버지를 찾아갔다. 할아버지는 빨간 립스틱을 불편해하셨고, 어머니는 거의 한 달에 하나씩 있는 제사를 빠뜨리지 않아야 한다는 할아버지를 부담스럽게 바라보았다고 했다. 그러면서 어머니가 아버지에게 제안했다고 한다. 큰 제사에만 함께 내려오고, 다른 제사는 아버지 혼자 내려오는 것을 선택하든지, 아니면 결혼 얘기는 없던 것으로 하자고. 사랑과 장남 앞에서 아버지는 사랑을 선택하셨고, 그날 이후 할아버지와 아버지의 관계는 급격하게 멀어졌다고 했다. 이 얘기는 몇 번 들었던 기억이 난다. 물론 그때 아버지는 할아버지께 용서를 구하는 의미로 아무것도 물려받지 않겠다는 말과 함께 제사를 지내는 두 동생에게 유산을 나눠주는 것으로 마무리했다고 하셨다. 하지만 이건 어디까지나 아버지 생각이었다. 코끝이 제법 차갑던 겨울이었다. 할아버지께서 식사를 제대로 못 하시는 날이 여러 날 계속되었고, 시골에서 연락이 왔다. 그때 아버지가 41살, 그러니까 지금의 나보다 더 어린 나이였다. 아버지는 할아버지가 위독하다는 소식을 전해 듣고, 회사에 급한 상황을 전달한 후 다급하게 시골집으로 달려갔다. 하지만 불행하게도 아버지는 할아버지의 임종을 지켜드리지 못했다. 할머니에게서 할아버지가 계속 아버지만 찾았다는 얘기만 들었을 뿐이다. 재작년 할아버지 제사에서 아버지는 말씀하셨다. 할아버지의 임종을 지켜드리지 못한 것은 물론, 할아버지가 물려주신 재산을 염치없이 받은 것이 아버지의 세 번째 잘못이라고. 아버지는 좀처럼 말이 없는 분이다. 하지만 할아버지 이야기를 할 때면 말씀이 많아지신다. 미안함과 그리움이 한데 뒤엉켜 눈가에 눈물이 맺히는 날이 많았다. 그런 아버지는 내가 결혼을 위해 처음 아내를 데려갔을 때 먼저 얘기를 꺼내셨다. 제사에 대해 너무 부담 갖지 않아도 된다는 말과 함께 자신의 삶에서 겪은 어려움을 아들에게 물려주고 싶지 않다고 말씀하셨다. 그뿐만 아니라 아버지는 나의 선택에 대해 언제나 존중해 주려고 노력하신다. 엘리트였던 아버지의 삶과 비교하면 한없이 모자란 모습임에도 불구하고 아버지는 내 삶에서 가장 중요한 것은 '자기 자신'이라는 사실을 잊지 말아야 한다고 당부하신다. 얼마 전부터 아버지가 요양병원에서 생활하고 계신다. 글을 쓰는 내내 아버지 생각이 많이 났다. 회사 일이 바쁘다는 핑계로 찾아뵙지 못했는데, 이번 주말에 찾아뵐 생각이다."

성태 님, 어떻게 보면 어려운 이야기인데 발표해 주셔서 감사합니다. 성태 님 글을 들으면서 아버님이 참 멋진 분이구나 하고 생각했습니다. 그리고 아버님의 성품을 이어받은 성태 님도 멋진 분이겠다고 생각했습니다. 덕분에 마음 따뜻해지는 시간이었습니다. 발표 감사드립니다. 저도 수업 끝나면 아버지께 전화 한 통 드려야겠다고 속으로 다짐하고 있었습니다. 감사합니다. 이제 오늘 수업 이어가겠습니다.

오늘 자서전 쓰기 키워드는 '초등학교 시절'입니다. 초등학교에 대한 기억이 있을 거라고 생각합니다. 학교 가는 풍경도 좋고, 함께 등하교하던 친구 이야기도 좋습니다.

그 시절의 친구를 지금까지 만나는 분도 많던데요. 그때의 기억을 떠올리며 적으면 됩니다. 하나만 적어도 되고, 많이 적고 싶은 분은 많이 적어도 됩니다. '초등학교'라는 단어를 듣는 순간 떠오른 기억, 그 기억을 붙잡고 마구 써 내려가면 됩니다.

똑같은 단어가 반복된다면
비슷한 뜻의 다른 단어로 바꿔 주세요

똑같은 단어가 반복적으로 나타나면 비슷한 의미를 지닌 다른 단어로 바꿔 주세요. 예를 들어 '힘들었다'라는 말이 문장 속에서 반복적으로 나타난다면 그것을 '속상했다', '괴로웠다', '복잡했다', '천근만근이었다' 등의 다른 단어로 바꿔 보세요. 자신도 모르게 같은 단어를 반복적으로 쓰는 경우가 의외로 많습니다. 물론 처음 글을 쓸 때는 생각하지 않으셔도 됩니다. 마구 쓴 다음, 쓴 글을 천천히 다시 읽으면서 그때 유심히 살펴보시면 됩니다. 없으면 억지로 바꾸지 않으셔도 됩니다.

'좋다'라는 의미를 강조하기 위해 '좋다'라는 단어를 반복해서 쓰는 경우가 많잖아요. 이럴 때 비슷한 의미의 다른 단어를 활용해 보세요. '근사하다', '멋지다', '훌륭하다', '놀랍다', '위대하다' 등 다양한 표현이 있습니다. 그렇다고 하더라도 잊지 마세요. 처음에 할 일은 일단 마구 쓰기입니다. 처음부터 단어를 고민하다 보면 글쓰기 자체가 막힐 수 있거든요. 마구 쓴 다음, 쓴 글을 읽었을 때 똑같은 단어가 발견되면 그때 다른 단어로 바꾸시면 됩니다.

책으로 만나는 분도 다음 페이지에 보이시죠? 한번 적어 보세요. '초등학교 시절'이라는 주제로 20분 시간을 정해 놓고 쓰시면 됩니다. 자, 지금 시작할게요.

초등학교 시절

4

초등학교에
다닐 때

자서전은 지금까지 살아오면서 경험한 것이나 중요하다고 여기는 것을 글로 정리하는 과정입니다. 그러니까 '이게 가능할까요?'라는 질문은 애초부터 성립되지 않습니다. 나에게 중요했고, 그것을 여전히 기억하고 있다면 가장 좋은 소재입니다. 자신이 중요하다고 여기는 것을 기억 창고에서 꺼내 가지런하게 다듬어 소개하는 것이 자서전 쓰기의 전부라고 생각하시면 됩니다. 그러니 소재에 대한 부담감을 내려놓으면 좋겠습니다. 성공한 이야기를 나열하는 것이 목적이 아닙니다. 중요한 것은 과거와의 재회이며, 현재의 나와 통합하는 시간을 마련하는 데 목적이 있습니다. 아시겠죠?

　이제 오늘 수업 진행할게요. 초등학교에 관한 추억을 적어 오라고 했는데, 글이 잘 마무리되었나요? 글을 쓰면서, 혹은 쓴 후의 짧은 소감이 궁금하네요.

　"기억나는 게 없었는데 막상 쓰기 시작하니까 여러 가지 떠올랐어요. 저는 어릴 때부터 안경을 썼어요. 언제부터였는지 모르겠지만, 아주 어릴 때부터 안경을 쓴 것 같아요. 당시에는 안경을 쓰는 아이가 거의 없었거든요. 그러다 보니 학교에서도 눈에 띄었고, 어딜 가도 '거기 안경 쓰고 있는 사람'이라고 하는데 정말 부담스러웠어요. 그 이야기를 한번 적어 봤어요. 그런데 신기한 것은 안경 에피소드에서 이야기가 끝나는 게 아니라, 지금까지 가장 친하게 지내고 있는 친구가 알고 보니 안경을 통해 친해지게 되었다는 것을 발견했다는 사실이에요. 글을 쓰면서 진짜 신기한 경험을 한 것 같아요."

안경과 친구, 어떤 이야기가 나올지 궁금한데요. 경희 님, 써 오신 글 낭독 부탁드릴게요.

"살면서 그렇게까지 불운하다는 생각을 하지 않았다. 하지만 초등학교에 입학하고 얼마 되지 않아 안경을 쓰게 되었는데 그때부터 사정이 완전히 달라졌다. 담임 선생님은 물론 다른 반 선생님까지 모두 내 이름을 알게 된 것이다. 교무실에 가면 다른 반 선생님께서 내 이름을 어떻게 아셨는지, 꼭 이름을 불러 심부름을 시키셨다. 어떤 이유로 나를 기억하고, 내 이름을 알고 있는지 궁금하던 어느 날, 아이들이 농담처럼 주고받는 말을 듣게 되었다. 안경 쓴 아이의 이름을 외우는 건 정말 쉬울 거라고, 경희라는 이름이 동네에서 제일 흔할 거라고. 사실 조그만 시골 학교라 아이들도 얼마 되지 않아 선생님이 학생들의 이름을 모두 외우는 건 당연했을 텐데, 그때는 그런 생각을 하지 못했다. 하여간 나는 이상한 피해 의식에 빠졌고 어느 날 나만의 새로운 대책을 세웠다. 학교에서 안경을 쓰지 않기로 한 것이다. '안경을 쓴 경희'에서 '안경'을 없애겠다고. 하지만 안경을 쓰지 않는 것은 오히려 더 큰 사건이 되어 버렸다. 선생님은 오늘은 왜 안경을 쓰지 않았는지 이유를 물어오셨고, 다른 반 선생님도 복도에서 마주칠 때마다 무슨 일이 생겼는지, 안경이 부러졌는지 더욱 관심을 보이셨다. 이런저런 나의 노력과 상관없이 학교에서 유일하게 안경을 쓴, '안경을 쓴 경희'는 이미 고유명사였다. 상황이 이쯤 되니 학교 가는 것이 부담스러웠다. 어떻게 하면 학교에 가지 않을 수 있을까, 밤마다 궁리했다. 배가 아프다고 말하기도 하고, 머리가 어지러워서 도무지 걸을 수 없다고 핑계를 대어 며칠 학교를 쉬기도 했다. 하지만 이런 일이 몇 번 반복된 어느 날, 아무래도 큰 병원에 가 봐야겠다는 엄마의 말에 그 얘기도 쏙 들어가 버렸다. 엄마에게 도움을 청하는 것은 일찌감치 포기했다. 엄마에게 안경을 쓰기 싫다고 말했다가 나중에 장님이 될 거라는 협박만 들어야 했다. 하여간 학교 가는 것이 너무 싫었다. 우울한 날의 연속이었다. 내 인생에 불운이라는 단어가 안경과 함께 찾아온 것이다. 매일 아침 도살장에 끌려가는 소처럼 학교에 다녔다. 그러다가 6학년이 되었을 때 부산에서 여자아이가 전학을 왔다. 이름은 수진이. 수진이는 전학 온 그날 바로 나와 단짝이 되었는데, 이유는 단 하나였다. 수진이도 나처럼 안경을 쓰고 있었다. 수진이는 아버지가 몸이 좋지 않아 시골로 요양을 오면서 전학을 오게 되었다고 했다. 수진이 집은 학교에서 우리 집 오는 길 중간쯤에 있었다. 혼자 안경을 쓰고 있을 때는 몰랐는데, 둘이 안경을 쓰고 다니면서 괜한 자신감이 생겼던 모양이다. 마음속으로 그런 생각을 했던 것 같다. 학교 가는 중간까지만 가면 수진이가 있고, 수진이와 둘이 학교에 가면 하나도 무섭지 않다는. 수업 시간도 달라졌다. 안경을 쓴 수진이가 전학 온 후로 선생님들은 더는 '안경을 쓴 경희'를 찾지 않았다. 수진이와 함께 초등학교를 졸업하고, 중학교와 고등학교까지 함께 다녔다. 그리고 지금까지 서로의 일상을 제일 잘 아는 친구로 남아 있다. 이번에 글쓰기 과제를 하면서 새삼 추억이 되살아났다. 초등학교 시절, 나를 제일 힘들게 했던 안경이 내 인생의 가장 소중한 친구 수진이를 만나게 해 주었다는 사실을. 한 번도 생각해 보지 않았던 것을 생각해 보는 시간이었고, 자칫 잊고 살아갈 뻔한 소중한 추억을 되찾는 소중한 시간이었다."

경희 님, 당시에는 안경 때문에 불편한 일이 많으셨을 것 같아요. "'안경 쓴 경희'는 고유명사였다."라는 표현이 인상적이었어요. 친구분 덕분에 위기도 넘기고, 그 친구와 지금까지 만남을 이어가고 있다니, 경희 님 정말 좋으시겠어요. 재미도 있고, 감동도 있고, 입가에 저절로 미소가 번지는 글이었습니다. 여러분은 어떻게 들으셨어요?

"저도 갑자기 어릴 때 있었던 사건이 떠오릅니다. 저는 순하고 착해서, 착하다는 얘기를 많이 들었습니다. 그런데 사실

제 마음은 너무 힘들었어요. 절대 반항하면 안 될 것 같은….
(웃음) 하여간 그때 저한테 친구 한 놈이 이런 말을 했습니다.
'맨날 착한 척하는 거 너 힘들지 않냐?'라고. 무슨 소리를 하
느냐고 버럭 큰소리를 내기는 했지만, 희한하게 친구의 그 말
에 마음이 편안해진 기억이 아직도 생생합니다. 따로 그 친구
를 만나진 못하고 있는데, 갑자기 그 친구가 어떻게 살고 있
는지 궁금해졌습니다."

　그렇죠? 비슷한 마음이었을 것 같아요. 마치 잊고 있는 것
처럼, 기억에서 사라진 것처럼, 아니 처음부터 없었던 것처럼
살아가지만 사실 기억 속 보물창고에는 소중한 것이 많이 들
어 있답니다. 혼자 있으면 꺼내기도 쉽지 않고, 꼬리에 꼬리
를 물며 이어 가기도 어렵지만, 이렇게 함께 읽고 쓰다 보면
찾아내고, 퍼 올릴 수 있습니다. 그렇게 찾아내는 과정을 '노
력'이라고 보면 될 것 같아요. 현재의 나와 과거의 나를 통합
하는 노력 말이에요.

　이제 오늘 수업 이어 갈게요. 이번에는 지난주에 이어 중학
교, 고등학교 시절로 넘어가 보려고 합니다. 중·고등학교는
많은 부분에서 초등학교와 다르게 보내셨을 거예요. 선택의
폭도 넓어지고, 그만큼 갈등의 시간도 많이 찾아왔을 것 같아
요. 경험의 범위도 다양해졌을 거라는 생각이 듭니다. 질풍노

도의 시기라고 말하기도 하지만 인생의 터닝포인트였다고 고백하는 사람도 많았습니다.

그 시절에 꾸었던 꿈도 좋고, 우정에 관한 이야기도 좋고, 힘들었던 시절을 함께해 준 가족에 대한 고마움을 기억하는 것도 괜찮을 것 같습니다. 무엇이든 좋습니다. 중·고등학교 시절을 떠올리면서 여러분의 기억에 의존해 경험을 이끌어 내고, 의미를 발견해 보는 시간을 가져 보려고 합니다. 시작해 볼게요.

마인드맵을 활용해
전체적인 구조를 먼저 준비해 보세요

오늘의 글쓰기 Tip은 마인드맵을 활용해 생각이 떠오르는 대로 적어 본 다음, 그것을 바탕으로 나름의 순서를 정해 글쓰기를 해 보는 것입니다. 뼈대를 잡는 과정이라고 할 수 있는데요. 이렇게 정리를 하고 나면 일관성이나 통일성을 확보할 수 있고, 더욱더 간결한 글을 완성할 수 있어요.

일단 동그라미 하나를 그려 놓고 그 안에 '학창 시절'이라고 적어 보세요. 그런 다음 떠오르는 대로 가지를 뻗어 보세요. 친구, 공부, 가족, 꿈…. 이런 식으로 생각의 가지를 뻗어 간 다음, 그 가지에서 또다시 확장해 보세요. 친구에서 뻗어 나가고, 공부에서 뻗어 나가고, 가족 또는 꿈에서 가지를 뻗어 나가 보세요. 예를 들어 친구라고 하면 누군가의 이름이 떠오르기도 하고, 가장 기억에 남는 사건이나 추억이 떠오르기도 할 거예요. 가족이라고 하면 엄마가 떠오를 수도 있고, 아버지 역할을 해 준 형이 생각날 수도 있을 거예요. 꼬리에 꼬리를 무는 것처럼 수많은 가지를 만들어 낸 다음, 어떤 이야기를 쓸 것인지 순서를 정하는 거예요. 간략하게라도 마인드맵을 하고 나면 무엇을 써야 할지, 어떤 것부터 쓰면 좋을지 생각이 정리됩니다. 마인드맵은 글쓰기는 물론, 생각을 정리하는 것 자체에도 도움이 되는 방법인 만큼 일상생활에서 많이 활용하시면 좋을 것 같아요.

소재에 관해 어떻게 써야겠다는 구상이 끝나면, 이제 거침없이, 마구 써 내려가면 됩니다. 잊지 마세요. 글쓰기에서 가장 중요한 것은 '어떻게 쓸 것인지'가 아니라는 것을, '무엇을 쓸 것인지'가 더 중요하다는 사실을. 글쓰기는 기술의 문제가 아닙니다. 무엇을 쓸 것인지에 해당하는 소재를 발굴하는 것이 글쓰기 원칙을 외우는 것보다 훨씬 중요합니다.

책으로 만나는 분도 다음 페이지에 보이시죠? '나의 중학교, 고등학교 학창 시절'이라는 주제로 20분 시간을 정해 놓고 쓰시면 됩니다. 지금 바로 시작할게요.

나의 중학교, 고등학교 학창시절

5

다시
고등학교로
돌아간다면

내 삶을 기록하는 일은 누가 대신해 줄 수 없습니다. 자서전은 결국 복습하는 과정인데요. 직접 경험해 본 사람이 할 수 있는 작업입니다. 언제 자서전을 쓰면 좋을지 질문하는 분들이 있는데요. 아무래도 공부한 것이 적다면 복습할 것이 별로 없겠죠? 그런 측면에서 조금이라도 나의 선택이 반영된, 그러니까 '나의 역사'라는 것이 생겨났을 때가 적당한 때인 것 같습니다. 인생의 전환점이라고 불리는 시기가 있잖아요. 서른을 앞두고, 혹은 마흔이나 쉰을 앞둔 나이, 그때가 적당한 것 같아요. 지금까지 시도한 수많은 도전의 가치를 확인해 보고, 힘든 시간을 통해 얻어낸 것을 점검해 보는 시간을 가지는 거죠. 그러면서 앞으로의 방향을 설계하고 힘의 원천을 확보하는 거죠. 세상을 어떻게 이해하고 있는지 글로 옮겨 보면서 인생관, 가치관, 세계관을 스스로 점검하는 것은 무엇과도 바꿀 수 없는 가장 가치 있는 경험이라고 생각합니다.

지난주 글쓰기 주제가 '나의 중학교, 고등학교 학창 시절'이었는데 어떠셨어요? 기억 속에서 건져 올린 소중한 경험이 많았으리라고 생각합니다. 오늘은 어떤 분이 씩씩하게 발표해 주시겠어요?

"선생님, 오늘은 제가 발표해 보겠습니다."

영찬 님! 좋습니다. 그러잖아도 오늘은 발표를 부탁드려야지 생각하고 있었는데, 먼저 얘기해 주셔서 감사합니다. 그럼 영찬 님의 이야기 속으로 들어가 보겠습니다.

"고등학교에 다닐 때 일등은 아니지만 공부를 썩 잘하는 편에 속했다. 농사를 짓다가 도시로 이사 온 부모님은 자식들에게 모든 것을 걸었다고 해도 과언이 아니었다. 시골에 있던 논과 밭을 모두 팔아 방 두 칸짜리 집을 마련했고, 아버지는 작은 중소기업에 취직하셨고, 어머니는 보험 일을 시작하셨다. 처음 도시로 나왔을 때 고등학교에서 시험을 쳤는데, 반에서 5등을 했다. 큰 기대를 하지 않았던 터라 부모님은 예상보다 높은 성적에 기뻐하셨고, 그다음 성적에서 4등이 나오자 그때부터 조금 달라진 것 같다. 나의 의견과 상관없이 부모님에게 어떤 계획이 생겼다고나 할까. 몇 등을 하고, 그다음에는 어느 대학교에 가고, 만약 그 대학에 입학하지 못하면 차선책으로 이렇게 해야지, 나름의 방향을 결정한 분위기였다. 고등학교 1학년 겨울방학이 시작될 때였다. 부모님은 나를 불러 놓고 유도부 활동을 그만두라고 말씀하셨다. 시골에 있을 때부터, 초등학생일 때부터 계속 운동을 해 온 나에게 부모님은 유도부에 더 시간과 노력을 들일 이유가 없다고 얘기하셨다. 솔직히 나는 그 말이 나올까 봐 늘 두려웠다. 내가 유도부 활동을 좋아하는 것과 상관없이 그만두게 되는 날이 오는 건 아닐까. 그래서 유도부와 공부를 병행하는 것이 힘들었지만 단 한 번도 그런 내색 없이 열심히 공부했다. 하지만 그런 마음을 부모님은 알지 못했다. 당시 부모님 말씀을 거역하면 큰일 난다고 생각했던 나는 미련이 남았지만 어쩔 수 없이 유도부 활동을 그만두었다. 공부에 전념하고 나중에 대학 가서 다시 운동하면 되겠지 하는 생각으로. 하지만 일은 그렇게 풀리지 않았다. 유도부를 그만둔 후 공부가 손에 잡히지 않았다. 공부를 열심히 해서 부모님을 기쁘게 해 드려야 한다는 생각이 한쪽에서 목소리를 높이는 동안 몸에 살이 붙으면서 잠이 쏟아졌고, 공부에 집중하기가 쉽지 않았다. 물론 핑계라면 핑계였겠지만, 그때는 그랬다. 유도부를 그만둔 후 부모님은 사방팔방으로 알아보고 유명한 과외 선생님을 모셔왔지만, 도무지 마음이 잡히지 않았다. 한 번 놓은 마음을 다시 붙잡기가 쉽지 않았다. 결국 19등이라는 성적표로 고등학교 3학년을 마쳤다. 그 뒤 성적에 맞춰 대학에 진학했고, 적성에 맞지는 않았지만 어렵지 않게 졸업했다. 좋은 세월을 만난 덕분에 대학 졸업장이 있으니 취직할 곳은 많았다. 적당한 회사를 선택했는데, 지금까지 33년 동안 같은 회사에 근무하고 있다. 글쓰기 과제가 나왔을 때 사실 조심스러웠다. 중학교, 고등학교를 떠올리면 유도부를 그만둔 아쉬움이 가장 먼저 생각나기 때문이다. 고백하면 부모님에 대한 원망도 많았다. 물론 겉으로 표현하지는 않았다. 지금까지 단 한 번도. 하지만 혼자 생각을 많이 했다. 그때 유도부를 그만두지 않았다면 어떻게 되었을까, 유도부와 공부를 병행했더라면 고등학교 3학년 때 어떤 성적표를 받았을까, 유도 선수가 되었을까, 대학은 어디로 갔을까, 지금 어떤 일을 하고 있을까. 사실 이 글을 쓰기 전까지만 해도 원망하는 마음이 있었다. 하지만 과제로 글쓰기를 하고, 혼자 몇 번 읽으면서 생각이 달라졌다. 부모님의 권유가 있었지만, 그 또한 나의 선택이었다. 함께 운동하던 친구가 체육학과에 진학해 국가 대표가 된 것처럼, 반항하거나 부모님을 설득한 게 아니라 따르기로 결정한 것은 바로 나였다는 사실은 변함이 없다. 결과를 장담할 수 없었고, 책임에 대한 두려움 때문이었는지 잘 모르겠다. 하여간 이번에 글을 쓰면서 처음으로 다르게 생각하게 되었다. 다른 선택을 할 수도 있었지만 내가 그렇게 하지 않았다는 것을. 조금 다른 얘기지만, 먼저 자서전 쓰기에 참가한 친구에게 그런 이야기를 들었다. 자서전 쓰기를 끝내고 나니 마치 두 번째 인생을 마주한 느낌이라고, 조금 적극적인 사람이 된 것 같다고 얘기했었는데 그게 무엇인지 조금 알 것 같다. 앞서 다른 글쓰기 과제도 좋았지만, 특히 이번 과제가 의미가 컸다. 이런 시간을 만들어 준 선생님에게 감사하다는 얘기를 꼭 전하고 싶다."

영찬 님, 제가 감사합니다. 이렇게 귀한 이야기를 풀어 주셔서 진심으로 감사합니다. 들으면서 제 고등학교 시절을 떠올렸고, 저의 선택을 떠올렸습니다. 아마도 여기 계시는 다른 분들도 비슷한 생각을 하셨을 거라고 생각합니다. 「하워드의 선물」이라는 책에는 '성취되지 않은 것'과 '실패한 것'에 관한 이야기가 나옵니다. 우리는 성공과 실패라는 이분법적인 사고 안에서 성공으로 평가받지 못하면 모든 것을 실패라고 간주합니다. 불분명한 경우나 모호한 상태에 '실패'라는 이름표를 붙입니다. 단순히 '성취되지 않은 것'에 불과한 것일 수도 있는데 말이죠.

자서전을 쓰든, 글을 쓰든 성취되지 않은 것과의 재회는 필연입니다. 하지만 여러분, 우리에게 중요한 것은 경험 그 자체가 아닙니다. 가장 중요한 것은 경험에 대한 재해석이며, 경험을 통한 재구성입니다. 영찬 님도 글을 쓰는 동안 몇 가지 생각이 정리되었을 것으로 생각합니다. 나의 인생에서 꼭 챙겨야 할 것이 무엇인지 확인하는 시간이 되었기를 희망해 봅니다.

이제 수업을 이어 가겠습니다.

오늘의 주제는 고등학교를 졸업한 이후의 '나의 청년 시절'입니다. 어떤 분은 대학에 진학하셨을 것이고, 또 다른 분은 취업 전선에 뛰어들어 사회생활을 시작하셨을 것입니다.

그 시절에 있었던 굵직한 사건과 그때의 선택, 행동들을 글로 옮겨 보는 시간을 가지려고 합니다. 물론 아쉬움으로 남은 일도 있었을 것이고, 자랑스러웠던 순간도 있을 것입니다. 그때의 경험을 되살려 보세요. 그때의 감정을 떠올려 보세요. 그리고 그 과정이 현재의 삶에 어떻게 쓰이고 있는지, 어떤 영향력을 발휘하고 있는지 천천히 글로 옮겨 보세요.

첫 문장이 매력적이라면 더욱 좋겠죠?

오늘의 글쓰기 Tip은 '첫 문장에 조금 더 신경을 쓰자'입니다. 사실 첫 문장은 가장 먼저 쓰는 것이지만, 마지막까지 고치고 또 고칩니다. 첫 문장이라고 적었지만, 마지막에 남아 있을 수도 있고, 없을 수도 있습니다. 오히려 바뀌는 경우가 훨씬 더 많습니다. 왜냐하면 첫 문장의 역할 때문에 그렇습니다. 멋진 글을 준비해 놓았는데 읽지 않으면 소용없잖아요. 첫 문장에 호기심을 느끼고 궁금증이 생겨야 그다음, 그다음 글을 읽게 되거든요.

'첫 문장의 역할'이라는 표현이 가장 정확할 것 같은데요. 독자가 첫 문장에서 밋밋한 느낌을 받았다면, 그 느낌 그대로 밋밋하게 지나갈 확률이 높습니다. 「글쓰기가 필요한 시간」에서 첫 문장을 거론하면서 꽃이 되거나 칼이 되어도 좋다는 표현을 했는데요. 이번에 글쓰기 과제를 진행하면서 여러분의 첫 문장을 한 번 살펴보세요. 살펴보면서 나의 첫 문장은 따뜻한지, 강렬한지, 아니면 차분한지 온도를 점검해 보세요.

물론 첫 문장이 전부라는 얘기는 아닙니다. 어디까지나 위치가 지닌 역할의 관점에서 드리는 말씀입니다. 뒤에 열심히 적어놓은 글을 읽을 수 있도록 조금 더 공을 들이자는 얘기입니다. 그런 까닭에 첫 문장은 가장 먼저 쓰지만, 마지막까지 고쳐야 한다고 얘기한답니다.

  책으로 만나는 분도 다음 페이지에 보이시죠? 천천히 눈을 감고 기억을 떠올려 보세요. '나의 청년 시절', 20분 시간을 정해 놓고 쓰시면 됩니다. 시작할게요.

나의 청년 시절

6

이십 대,
청춘의 시절

영국의 극작가 조지 버나드 쇼는 "청춘은 젊은이에게 주기엔 너무 아깝다."라고 말했습니다. 젊음, 청춘이 얼마나 소중한지, 얼마나 아껴 다뤄야 할 시기인지를 모르고 지나는 데 대한 안타까움을 표현한 것입니다. 우리 모두에게는 청춘이라고 불리던 시절이 있습니다. 물론 지금 그 시절을 지나고 있는 분도 계시고요. 지나왔든지 혹은 지나고 있든지 저마다 소중한 추억이 있을 거라고 생각합니다.

어떤 선택과 행동에 대한 마음, 사랑이라는 감정을 배운 추억, 사회라는 곳에서 터득한 생존 방식 등 다양한 배움이 있었으리라 생각합니다. 대학 시절이든, 직장 생활을 했던 기억이든, 그 시절을 되돌아보는 시간을 과제로 드렸는데요. 오늘은 어떤 분이 발표해 주시겠어요? 이제는 먼저 발표하겠다고 손을 들어도 전혀 어색하지 않을 것 같은데, 어떠세요? (웃음)

"선생님, 이번엔 제가 한번 해 볼게요. 저는 청춘을 지났다기보다는 청춘을 지나고 있다는 표현이 맞을 것 같은데, 생각나는 대로 적어 봤어요. 한번 읽어 볼게요."

인주 님, 감사합니다. 인주 님의 청춘열차에 잠시 동승할게요.

"서울역에 도착한 시각은 새벽 6시. 밖은 어두웠다. 친구와 단둘이 감행한 서울행. 우리는 부모님에게 학교에서 MT를 간다고 얘기했다. 나중에 거짓말이 들통나면 어떻게 하나 걱정되는 것도 사실이었지만, 나중에 일 생기면 그때 해결하자는 마음으로 애써 걱정을 외면했다. 처음으로 간 곳은 남대문이었다. 국보 1호 남대문이 아닌 남대문시장으로 향했다. 남대문의 새벽 시장은 공기가 다르다는 말을 자랑스럽게 떠들던 남자 선배의 말에 우리는 '서울=남대문 시장'이라는 공식을 완성했고, 가장 먼저 찾아갔다. 남대문 시장은 이미 기상나팔이 울린 지 한참 된 것 같았다. 사람으로 북적거렸고, 포장마차에는 사람들이 삼삼오오 모여 어묵과 김밥을 먹고 있었다. 평일 아침인데도 사람이 제법 많았다.

"우리도 어묵이랑 김밥 먹자!"

"그럴까?"

비닐 천막을 제치고 포장마차 안으로 들어갔다. 문득 서울에서는 잘못하면 코 베어 간다는 엄마의 말이 떠올랐다. 고개를 들고 사람들을 살폈다. 이 중에서 내 코를 베어 갈 사람이 있는지 없는지 살펴보았다. 딱히 그럴만한 사람은 없어 보였다. 머리에 빨간 두건을 쓴 주인아주머니는 친절했다.

"어묵이랑 김밥 2인분 줄까?"

친구와 나는 깜짝 놀랐다. 아주머니는 우리가 무엇을 먹고 싶어 하는지 정확하게 알고 있었다. 몇몇 아저씨가 오가는 사이, 배가 차오르고 있었다. 하지만 일부러 천천히 먹었다. 왜

냐하면 다음 목적지에 갈 버스가 도착할 때까지 시간이 많이 남았기 때문이다. 그런 상황을 눈치채셨는지 아주머니가 말을 건넸다.

"천천히 먹고 나가도 돼요. 천천히 먹고 시간 맞춰서 가요."

"네? 네⋯."

훗날 친구와 둘이서 그날 얘기를 했던 기억이 난다.

"서울역의 그 아주머니 완전 도사 같지 않았어? 우리가 말도 하지 않았는데, 어떻게 전부 알았지?"

"그러니까, 나도 속으로 깜짝 놀랐어."

"하긴 아주머니가 그랬잖아. 우리 같은 애들 많다고."

"그래, 서울역에서 그 시각에 나오는 아이들이 많은데, 대부분 우리처럼 버스나 기차를 기다린다고 얘기했잖아."

"그러니까 말이야. 그러고 보면 모두 비슷한 마음인 것 같아. 서울이라는 곳, 한번 가 보고 싶잖아. 한 번쯤은 불쑥⋯."

"그래서 우리도 MT 간다고 거짓말하고 올라갔잖아."

친구와 서울을 다녀온 후 개인적으로 많은 변화가 생겼다. 친구는 학교를 잘 다녔지만, 나는 서울 바람이 불었는지 학교생활에 도무지 흥미를 느끼지 못했다. 재미가 없었고, 의미는 더 없었다. 그런 내 모습을 보고 엄마는 아버지 자리가 비어서 저렇게 마음을 붙이지 못한다고 걱정하셨다. 하지만 그건 아니었다. 나는 무엇인지 알 수 없는 갈증을 느꼈고, 그 갈증은 결국 휴학이라는 엄청난 일을 저지르도록 이끌었다. 나는

2학년 1학기를 앞두고 휴학했다. 농담처럼 친구들에게는 군대 간다고 얘기했다. 희한하게도, 아무도 믿지 않아야 하는데 철석같이 믿는 애들이 제법 있었다.

"너 군대 간다면서? 거기를 왜 가려고? 힘들 텐데…."

나는 군대가 아닌 사회 속으로 들어갔다. 2년 동안 휴학하고 커피숍에서 아르바이트하고 호프집에서도 일했다. 엄마의 걱정은 하늘을 찔렀지만 그렇다고 드러내놓고 나를 혼내는 일은 없었다. 지금 생각해 보면 나를 얼마나 답답하게 바라보았을까. 그런 면에서 나는 운이 좋은 편이었다. 배낭여행도 다녀왔다. 처음에는 배낭여행을 떠나는 무리에 섞여 함께 다녀왔고, 이후 혼자서 한 번 더 다녀왔다. 물론 내가 아르바이트해서 번 돈으로 다녀왔다. 2년의 휴가를 끝내고 복학했을 때 4학년 된, 그러니까 함께 서울을 다녀왔던 친구가 말했다.

"이제는 마음 잡았어?"

"마음을 잡았는지는 모르겠지만 시작한 공부는 마무리해야겠다는 생각이 들어서."

그 이후 별다른 일탈은 없었다. 남들보다 2년 늦게 대학을 졸업했고, 2년 늦게 신입 사원이라는 이름표를 달았고, 2년 늦게 첫 월급을 받았을 뿐이다. 한동안 '2년'이라는 시간에 눌려 기가 죽어 지냈던 것도 사실이다. 늦었다는 생각, 서둘러야겠다는 마음에 조급증을 느꼈다. 그렇지만 다시 생각해 보았다. 만약 그때로 돌아간다면 나는 휴학하지 않고 친구들과 함께 학년을 올라갔을까? 하지만 아무리 생각해 봐도 휴학했을 것 같았다. 그때부터였던 것 같다. 내가 선택하고 내가 책임지면 된다는 생각을 하게 되었다. 2년 후의 시간을 제대로 계산하고 휴학한 것은 아니었지만, 그 시간을 나름대로 충실하게 보냈다고 생각한다. 남들이 보기엔 답답해 보였을지도 모르겠지만. 그때의 선택은 지금까지 나에게 그 무엇과도 바꿀 수 없는 소중한 자산으로 남아 있다. 나에게 의미 있으면 그것으로 충분하지 않을까.”

인주 님, 정말 멋진데요! 친구와 함께 서울행을 감행한 용기, 그 이후의 시간까지. 인주 님의 용기를 발견할 수 있는 글이었습니다. 2년 동안 인주 님이 경험한 것, 선택하고 책임지는 과정에서 배운 것이 아주 중요한 자산으로 남아 있겠구나 하고 생각했습니다. ‘내가 선택하고 내가 책임지면 된다.’라는 메시지까지 방향성이 느껴지는 글이었습니다. 좋은 얘기 나눠주셔서 감사합니다.

보통 사람들이 자서전을 쓴다고 하면 칠십이나 팔십, 혹은 더 나이를 먹어서 죽기 직전에 써야 한다고 생각하는 경우가 많습니다. 하지만 가만히 생각해 보면 그때 쓰면 유언을 남기는 것과 무엇이 다를까요? 유언도 제대로 남길 수 있으면 다행입니다. 그렇지 못한 경우가 더 많으니까요. 그래서 드리는 말씀입니다. 마음이 허락할 때, 시간이 허락할 때, 수시로 자서전을 쓴다는 마음으로 글을 쓰면 좋겠습니다. 새로운 출발을 해야 한다거나 어떠한 결과를 마무리할 때도 좋습니다. 상황이 '정리'라는 작업을 필요로 할 때라면 더 좋습니다. 전진만 있을 수는 없습니다. 후진도 있어야 하고, 점검도 필요합니다.

여러분은 일기를 쓰시나요? 저는 일기를 쓰는데요. 일기는 글쓰기의 소재가 되거나 글쓰기 훈련이 되기도 하지만, 특히 자서전을 쓸 때 정말 많은 도움이 됩니다. 일기 쓰기, 생각이나 감정을 글로 옮기면서 객관적으로 자신을 살펴 올바른 방향으로 나아가도록 도와줍니다. 단순히 그날 있었던 일을 기록하는 것이 아닙니다. 글쓰기 훈련이며, 나의 역사를 기록하는 시간이며, 하루를 잘 살아가는 비결은 물론, 인생을 잘 살아내는 숨겨진 비법이랍니다.

인주 님, 좋은 글 감사합니다. 오늘은 한 분만 더 부탁드려 볼까요? 어느 분이 발표해 주시겠어요? 오랜만에 경희 님 어떠세요?

"네, 선생님. 그런데 전 굉장히 짧게 적었습니다. 한 페이지를 채우라고 하셨는데, 모두 채우지 못했어요."

그래도 괜찮습니다. 과제를 하신 것만으로도 충분합니다. 발표 부탁드릴게요.

"내가 대학을 졸업할 때는 취업이 쉽지 않았다. 취업 시장이 얼어붙었다는 뉴스가 나올 때 조심스럽게 엄마에게 말했다. 대학원에 진학하고 싶다고. 달리 뾰족한 수가 있어서 대학원에 간다고 한 것은 아니다. 하지만 직장에 가는 친구, 결혼하는 친구 사이에서 졸업장만 받고 사회에 나올 수는 없었다. 그렇게 마음에도 없던 대학원에 진학했다. 그래도 전공을 살려 선택한 국문학과라서 적성에 맞는 부분은 있었다. 지도 교수님이 대학원 진학에 대해 조언했을 때만 해도 전혀 그럴 생각이 없었다. 하지만 시간이 흐르면서 마음이 바뀌었다. 뭔가 결정이 필요해 보였다. 대학원에 가자. 대학원을 졸업하면 어떻게든 될 줄 알았다. 막연하게 나의 미래가 만들어질 거라고 생각했던 것 같다. 하지만 달라진 것은 없었다. 대학원을 졸업할 때에도 상황은 비슷했다. 직장 생활을 시작하는 친구가 있었고 결혼을 하는 친구가 있었다. 나는 또 뭔가를 해야 했는데, 막막했다. 더 이상의 공부는 의미 없어 보였다. 그즈음 평소 친하게 지내던 언니에게서 초등학생을 대상으로 공부방을 같이 운영해 보자는 제안을 받았다. 공부방은 무슨 공부방이냐며 펄쩍 뛰었지만 앞으로 사업 전망이 밝고, 돈을 잘 벌 수 있다는 말에 이끌려 덜컥 함께하기로 했다. 경제 관념도 약했고, 사업에 대해 아는 것도 없었지만, 언니의 약간 들 뜬 표정과 확신에 찬 목소리에 마음이 끌렸다. 그렇게 시작한 공부방을 4년 정도 같이 하다가 결혼 후 첫 아이를 낳으면서 그만두었다. 그날 나는 새로운 이름표를 얻었다. 전업주부. 그리고 지금까지 같은 이름표를 계속 달고 있다. 둘째가 올해 대학에 입학했다. 언제부터인가 나는 조금씩 '전업주부'라는 이름표가 불편해지기 시작했다. 선생님, 더 쓰고 싶었는데 여 기까지밖에 못 썼어요."

괜찮습니다. 잘하셨어요. 경희 님이 뭔가 방향성을 찾고 싶 어 한다는 것이 느껴집니다. 그것을 알아차리는 것만으로도 의미 있는 시간이 되었으리라고 생각합니다. 우리 모두 크게 다르지 않은 인생을 살아가고 있는 것 같습니다. 들여다보면 어느 하나 만만한 인생은 없다는 생각이 듭니다. 극적인 것이 있어야 하는데 평범해 보이는 일상에 답답함을 느끼는 분이 있는가 하면, 왜 이렇게 다이내믹한 일이 연속적으로 생기는 지 하소연하는 분도 있습니다.

인생을 살아간다는 것은 '꾸준하게 나의 인생에 말을 거는 행위'라고 생각합니다. 곁에 앉아 계속 말을 걸어 주면서 안아 주고 다듬어 주는 것이 '인생'이 아닐까 싶습니다.

좋은 이야기를 나눌 때는 누구나 쉽습니다. 하지만 쉽고 즐거운 일이 아니라면 긴장된 마음에 외면하고 피하고 싶어지는 것은 자연스러운 모습입니다. 그런 면에서 경희 님이 용기 내어 마음의 지하실 문을 열어젖힌 것에, 그리고 그것을 우리에게 나눠 주신 것에 진심으로 응원을 보내고 싶습니다. 무엇이든 시작은 불안합니다. 조금 욕심을 낸다면 이번 글이 경희 님이 두려워하는 부분을 건드린 의미 있는 신호탄이 되었기를 희망해 봅니다. 그 안에서 징검다리도 놓고, 새로 길을 놓으면서 나아가시면 좋겠습니다. 진심이 느껴지는 글 공유해 주셔서 감사합니다.

이제 오늘 수업 이어 갈게요. 지금까지 우리의 과거를 살펴보았다면, 오늘부터는 현재로 시선을 돌려 보겠습니다. '오늘을 보내고 있는 여러분의 시간'에 대해 들여다보는 시간을 가지려고 합니다.

직장 생활을 하는 분은 '나의 일'에 관해 정리해 보셔도 좋고, 따로 시간을 내어 참여하고 있는 활동에 관해 쓰셔도 괜찮습니다. 일하면서 느끼는 어려움도 좋고, 이직하던 순간을 떠올리며 그 감정을 표현해도 좋습니다.

중요한 것은 '현재'이며, '그 시간을 바라보는 지금의 감정'을 알아보고자 하는 겁니다.

요즘 어떤 일에 시간을 쓰고 있는지, 어떤 일을 마음에 두고 살아가고 있는지 점검해 보는 기회가 되었으면 좋겠습니다.

좋은 글에는 리듬이 느껴져요

여러분, 좋은 글에는 리듬이 있다는 것 알고 계세요? 좋은 글은 잘 읽힙니다. 읽는 순간, 이해도 금방 됩니다. 좋은 글은 전문 서적이나 논문처럼 낯선 용어로 가득한 어려운 글이 아니라, 일반적으로 '이해가 잘 되는 글'입니다. 여러분도 글을 쓴 후 자신의 글을 소리 내어 읽어 보세요. 그러면 쓸 때는 보이지 않던 오류가 보이면서 스스로 고치게 됩니다. 우린 이미 지금까지 좋은 글을 많이 읽어왔고, 좋은 글이 지닌 특징을 알고 있습니다. 그러다 보니 '이렇게 하면 좋을 것 같은데'라는 것을 감각적으로 지니고 있답니다.

풍부한 어휘력도 중요하고 멋진 표현도 필요하지만, 그보다 더 중요한 것은 '쓰는 것'에 익숙해지는 것입니다. 그런 다음 글을 조금 다듬고 싶은 욕심이 생긴다면 그때부터는 쓴 글을 소리 내어 두 번, 세 번 읽어 보세요. 소리 내어 읽으면서 글을 다듬는 것은 가장 쉽게 할 수 있는 퇴고입니다. 나의 글을 가족이나 친구들에게 한번 읽어 봐 달라고 부탁하는 것도 좋은 방법입니다. 사람마다 호흡을 들이마시고 내쉬는 지점이

다릅니다. 어떤 부분에서 읽기에 어려움을 느끼는지 참고해 그 부분을 수정하면 글의 완성도를 높일 수 있습니다.

　이제 글쓰기 훈련 들어갈게요. 책으로 만나는 분도 지금 다음 페이지에 보이시죠? '나의 일, 나의 여가 시간'이라는 주제로 20분 시간을 정해 놓고 쓰시면 됩니다. 시작할게요.

나의 일, 나의 여가 시간

7

나의 일
그리고
여가 활동

출판사에서 책을 출판하는 방법에는 '자비출판'과 '기획출판'이 있습니다. 자비출판은 책을 만드는 비용을 저자가 부담하는 방식이고, 기획출판은 원고의 완성도나 저자의 인지도를 참고해 출판사가 비용을 부담하는 방식입니다. 보통 기획출판을 선호하는 것이 사실입니다. 긍정적인 평가를 통한 좋은 신호라고 할 수 있기 때문이죠. 하지만 그렇다고 해서 자비출판을 가볍게 볼 이유는 없습니다. 우리가 알고 있는 작품 중에는 자비출판으로 유명해진 작품도 많으니까요. 잘 알려진 루이스 캐럴의 「이상한 나라의 앨리스」도 자비출판으로 세상과 만났고, 헨리 데이비드 소로를 포함해 에드거 앨런 포, 그레이엄 테일러 등의 친숙한 작가들도 자비출판을 통해 작품을 소개했죠.

여러분이 취미로 하는 일, 좋아서 하는 일이 어떤 결과를 만들어낼지 누구도 알 수 없다는 얘기를 해 드리고 싶습니다. 다시 말해 누군가에게 긍정적인 평가를 받지 못했다고 해서 가능성이 사라지는 것은 아니라는 겁니다. 외부의 평가보다 자기 자신을 향한 긍정적인 평가가 가장 중요하다는 말을 꼭 전하고 싶습니다. 나의 가치는 다른 사람이 만들어 주는 것이 아닙니다. 나의 가능성을 완벽하게 알고 있는 사람은 세상에 없답니다. 일이든, 여가 활동이든 여러분이 행동으로 옮기는 모든 것의 가치는 여러분에게 달려 있습니다. 그런데 사람들은 자신의 일, 자신의 활동에 대해 지나치게 과소평가하는 경우가 많습니다. 그런 편견에서 벗어날 수 있도록, 조금 다른 각도에서 일과 여가 활동을 들여다볼 시간을 드렸습니다.

요즘 어떤 일 하세요? 어떤 활동으로 시간을 보내세요? '일과 여가 활동'이라는 키워드에 어떤 생각과 감정을 가지고 있는지 궁금합니다. 오늘은 어떤 분이 발표해 보시겠어요? 이제 친숙해졌으니 손을 번쩍 드실 분이 계실 것도 같은데요. (웃음)

"선생님, 오늘은 제가 한번 발표해 보겠습니다."

네, 영찬 님. 감사합니다. 부탁드릴게요.

"매일 아침 7시, 같은 곳으로 33년째 출근하고 있다. 33년 동안 부서 이동을 한다고는 해도 같은 공간에서 생활하다 보니 새로운 사람을 많이 만나지는 못했다. 일이라고 했을 때, 함께 일하고 있는 두 사람이 떠올랐다. 키가 작고 긴 생머리를 한 그녀. 나이는 올해 마흔. 열정이 매일 어디에서 솟아나는지 곁에 있기만 해도 에너지를 전해 받는 느낌이다. 아직 미혼인데 주변 사람을 배려하는 모습이 정말 보기 좋다. 사무실에서 4명이 함께 생활하는데, 모두 자기 일이 바빠 옆 사람이 어떤 상황인지 제대로 알지 못하는 게 현실이다. 어느 날의 일이다. 그녀가 화장실에 다녀오다가 이마에 땀을 흘리면서 앉아 있는 동료를 발견했다. 무슨 일인지 궁금해하며 다가가는 것 같더니 이내 사무실을 나갔다. 20분쯤 지났을까. 어디서 약을 구해 왔는지 동료 책상 위에 약을 올려 주고는 아무 일 없었던 것처럼 자기 자리에 앉는 모습을 우연히 보게 되었다. 순간 아침 회의 시간에 그 동료가 몸이 좋지 않다고 말한 기억이 떠올랐다. 점심을 먹으면서 그녀가 동료에게 하는 이야기를 들었다. 자신도 그런 적이 있다고, 컨디션이 좋지 않아 굉장히 힘들었는데 그때 선배가 어디서 박카스를 구해와 책상 위에 올려 주었다고. 그 순간 눈물이 핑 돌면서 자신도 모르게 눈물을 흘렸다고 고백하고 있었다. 그녀의 이야기를 들으면서 삭막한 세상, 각박한 사회라고 말하지만 그래도 좋은 사람이 훨씬 더 많다는 생각을 했다. 또 다른 사람은 나이도 어린데, 능력도 좋고 승진도 빨라 높은 자리에 있는 팀장님. 한쪽에서는 너무 꼼꼼하게 일을 처리해 함께 일하기 힘들다는 불평이 쏟아지는 반면, 다른 쪽에서는 그 꼼꼼함 덕분에 완벽에 가까운 결과물이 나온다며 칭찬으로 가득하다. 주관적인 해석이겠지만 일을 어떻게 바라보느냐, 일을 어떤 방식으로 처리해나가느냐, 문제를 어떻게 접근하느냐에 따라 완전히 다른 평가를 받고 있다. 그는 성장에 관해 이야기 나누기를 좋아한다. 자기 생각이 무엇인지, 더 나은 생각이

나 아이디어가 없는지 물어보는 것을 주저하지 않는다. 그 모습을 누군가는 부담스러워하고, 다른 누군가는 도움이 된다고 말한다. 언젠가 그는 공식직인 자리에서 이런 밀을 했다. 자신에 대한 평가는 익히 들어 알고 있다면서, 뜻을 알아주는 사람과 동반 성장을 하고 싶다고 소신을 밝혔다. 나보다 어린 사람에게 존경심을 갖기는 그날이 처음이었다. 그날 다짐했다. 나이가 어리다고 함부로 판단하지 말고 배울 점이 있으면 배우자고. 여기까지입니다. 감사합니다."

한 직장에 오래 근무하시면서 많은 분을 만나셨을 것 같아요. 그리고 무엇보다 글의 마지막 소감이 좋았습니다. 나보다 더 나은 모습을 인정하고, 함부로 판단하지 않고 배움으로 익혀 나가겠다는 다짐이 근사하게 들렸습니다. 영찬 님의 글을 들으면서 저도 생각했습니다. 저보다 나이가 어린 사람의 말을 잘 듣고 있는지, 생각을 말하기 전에 먼저 물어보는 사람인지, 여러 생각을 동시에 했습니다. 좋은 글 감사합니다.

영찬 님이 일을 대하는 태도에 관해 이야기를 들려주었는데요. 혹시 용기 내어 발표해 보실 분 더 계실까요?

"선생님, 저도 마구 써 왔는데 한번 읽어 볼게요."

아주 좋습니다. 경희 님, 부탁드릴게요.

"얼마 전부터 동네 서점에서 아르바이트를 하고 있다. 둘째가 대학에 입학한 이후 손에 잡히는 것이 없어서 영어 회화를 공부하러 갈까, 운동을 시작할까, 어디 여행을 다녀올까 혼자 고민할 때였다. 그즈음 자주 가는 빵집 옆에 작은 서점이 오픈을 준비하고 있었다. 거기에는 오전 아르바이트를 구한다는 안내문이 붙어있었는데 무슨 마음이었는지 지금도 모르겠다. 불쑥 서점 안으로 들어가 사장님부터 찾았다. 그리고는 아직 아르바이트를 모집하고 있는지 물어보았다. 사장님은 젊은 사람이었다. 내가 가장 먼저 물어본 것은 나이였다. 하지만 사장님은 나이는 상관없다면서 대신 책을 좋아하는지 되물었다. 나는 예전에 공부방을 운영했으며 그래도 학교 다닐 때 제법 책을 읽었다고 말했다. 그러면 충분하다면서 그날 바로 아르바이트 계약을 했다. 오늘까지 그곳에서 오전 시간 아르바이트를 하고 있다. 이제 7개월쯤 되었다. 나는 운명이라는 것을 믿지 않는다. 종교도 없다. 하지만 그날 내가 서점의 문을 열고 들어간 것은 신비로운 경험이었다. 약속에 늦어 서둘러 나가는 길이었고, 평소 서점에서 아르바이트를 해야겠다고 생각한 적이 단 한 번도 없었기 때문이다. 정말 '그냥'이었다. 그냥 들어가고 싶었고, 그냥 말을 건네고 싶었다. 7개월. 취미로 무엇을 배울까, 운동을 시작할까 고민하다가 우연히 시작하게 된 서점 아르바이트. 처음에는 몰랐는데 3개월을 넘기면서부터 내가 조금씩 변화하고 있다는 느낌이 들었다. 아무래도 서점에 있다 보니 책에 손이 자주 가고, 평소에 읽고 싶었던 작가의 책을 읽을 시간이 많아졌다. 자연스럽게 몇 권 사서 집에서도 읽게 되었고, 몇 권의 책이 몇십 권이 되었다. 글쓰기와 관련된 책도 그러면서 읽게 되었다. 프랭클린의 자서전도 그때 읽었다. 그렇게 보내던 중 우연히 인터넷에서 자서전 쓰기 수업을 보게 되었다. PC 화면을 보는 순간 '그냥 해 봐야겠다'라는 생각이 들었다. 요즘 내 인생의 모토가 '그냥'이다. 예전에는 그냥이라는 것은 감히 상상하지 못했다. 준비 없이, 계획 없이, 그냥 덤벼들면 큰일 난다고 생각하던 사람이었다. 하지만 요즘은 아니다. '그냥'이라는 마음이 올라오면 그냥 한 번 해 보려고 노력하고 있다. 그렇게 몇 번 했는데…. 그리 큰일은 생기지 않았다."

경희 님이 아주 중요한 얘기를 해 주셨습니다. '그냥'이라는 단어의 힘을 소개해 주셨는데요. 조금 무책임해 보이지만 무한한 가능성을 숨기고 있는 단어라고 생각합니다. 저도 많은 것을 그냥 해 보고 싶다는 마음으로 이어왔습니다. 물론 지금도 여전합니다. 경희 님의 '그냥'을 응원하고, 우리의 '그냥'을 응원하면서 오늘 글쓰기 과제 전달하겠습니다.

오늘 여러분이 쓸 글감은 '결혼'입니다. 결혼한 분도 계시고, 아직 미혼인 분도 계시는데요. 결혼에 대해 평소에 생각하셨 던 것을 글로 옮기시면 됩니다.

예를 들어 결혼하신 분이라면 신혼여행 이야기도 좋고, 요 즘의 결혼생활이나 부부 생활을 적으셔도 되고, 자녀 이야기 도 좋습니다. 아이를 키우는 과정에서 느끼는 기쁨이나 어려 움도 좋습니다. 자녀가 아닌 배우자의 이야기도 좋고, 이참에 배우자 자랑을 하셔도 됩니다. 손자, 손녀들 이야기도 괜찮으 니 무엇이든 떠오르는 것을 붙잡고 마구 써 내려가면 좋겠습 니다. 미혼이라면 연애 이야기도 좋고, 결혼에 대한 계획이나 결혼관을 정리해서 적어 보면 좋을 것 같습니다. 꼬리에 꼬리 를 무는 글쓰기, 마구 쓰기입니다. 기억하시죠?

글이 그림이 됩니다, 묘사의 매력

'서사'와 '묘사'라는 단어, 들어 보셨죠? 서사는 시간의 흐름을 바탕으로 이야기를 이어 나가는 방식입니다. 예를 들어 생각나는 대로 글을 쓸 수도 있지만, 시간의 순서대로 이야기를 풀어 나가면 읽는 사람에게 전달도 잘 되고, 이해도 쉽습니다. 특히 여행 경험을 바탕으로 이야기를 전달할 때 서사적으로 접근하면 좋습니다. 사건을 시간순으로 나열하고 그때의 감정이나 생각을 표현하면, 읽는 사람이 글쓴이와 유사한 감정을 느끼면서 글에 대한 몰입도를 높일 수 있습니다.

한편, '묘사'는 상황을 더 잘 전달하기 위한 표현 방식이라 할 수 있습니다. 예를 들면 이런 식입니다. 이빨이 아픈 상황을 표현할 때 '아프다'라는 단어를 계속 나열하는 게 아니라, 그림을 그리듯이 표현하는 겁니다. '입안을 굴러다니던 알사탕이 사랑니에 부딪히는 순간, 온몸에 퍼지는 찌르는듯한 통증에 눈물이 나왔다'라고. '아프다'라는 단어를 반복해서 나열할 때보다 훨씬 의미도 잘 전달되고 공감을 이끌어 낼 수 있습니다. 그래서 묘사를 표현할 때 이런 말을 씁니다. '글로 그림을 그려라'라고. 단어로 표현하지 않고(오히려 단어는 흔적도 없습니다) 눈앞에 사진 한 장이 있는 것처럼 구체적이며 감각적으로 표현해내는 것, 이게 묘사입니다.

　서사와 묘사, 이렇게 해야지, 저렇게 해야지 머릿속으로 아무리 생각해도 막상 글을 쓰려고 하면 쉽지 않은 게 사실입니다. 그러니 '이런 게 있구나' 정도만 생각하시고 지나가시면 됩니다. '그림으로 그린다는 게 어떤 걸까?'라는 호기심을 놓치지만 않으면 됩니다. 글쓰기는 글쓰기를 통해 나아진다고 말씀드렸는데요. 꾸준히 글을 쓰다 보면 저절로 그런 마음이 생겨납니다. '시간순으로 다시 한번 적어 볼까?', '그림을 보는 것처럼 표현해 볼까?'라고. 그때 시도하셔도 충분합니다. 글 쓰는 즐거움이 저절로 여러분을 다음 단계로 이끌어갈 것입니다. 그러니 서사와 묘사에 좌절하지 마시고, 꾸준하게 써 내려가면 좋겠습니다.

　시작해 볼까요? 책으로 만나는 분도 지금 다음 페이지에 보이시죠? 떠오르는 대로 마구 적으시면 됩니다. 시간은 20분, 주제는 '결혼이라는 것'입니다.

결혼이라는 것

8

결혼이라는 것

어떻게 하면 일과 사랑, 두 마리 토끼를 동시에 잡을 수 있을까요? 모든 현대인이 가지고 있는 질문이라고 생각합니다. 그럴 때 우리는 '균형'이라는 단어를 떠올립니다. 사랑, 특히 결혼은 우리 인생에서 아주 중요한 일인데요. 누구나 균형 잡힌 삶을 추구하지만 다짐만큼 쉽지 않은 것도 사실입니다. 하지만 "인간은 노력하는 한 방황한다"라는 괴테의 말처럼 방황하는 그 자체가 노력하며 살아가고 있다는 증거가 아닐까 싶습니다.

오늘은 바로 그 '노력'에 관한 이야기를 들어보려고 합니다. 각자 서로 다른 위치에서 어떤 노력을 기울이면서 살아가는지, 어떤 마음으로 주어진 시간을 보내고 있는지, 서로의 이야기를 공유하면서 '균형 잡힌 삶'에 대해 생각해 보는 시간을 가져 보겠습니다. 어떤 분에게 발표를 부탁드려 볼까요? 오늘은 지난 시간에 발표하지 않은 분에게 부탁드리려고 하는데요. 인주 님, 괜찮겠죠? (웃음)

"네, 선생님. 역시 오늘도 그냥 떠오르는 거 막 써 왔어요."

아주 잘하셨어요. 진짜로.

"으음, 일단 읽어 볼게요. 그 사람은 처음부터 능숙했다. 사무실에서 커피를 내려 가져다주면 불편함을 느끼지 않을 만큼의 고마움을 표현했고, 퇴근하면서 같은 방향이라며 나를 데려다줄 때도 불필요한 고정 관념이나 선입견이 떠오르지 않았다. 배려받고 있다는 느낌이 좋았고 호의가 감사했다. 아이의 생일 케이크를 사기 위해 회사 앞 빵집에 같이 들어가는 것도 전혀 어색하지 않았다. 오랜 시간을 함께 생활해 온 사람처럼 많은 부분이 그 사람과 있으면 편안했다. 여행 경비를 벌기 위해 취직한 회사라서 애정이 많지는 않았다. 하지만 그 사람과 함께 퇴근하고 함께 얘기를 나누는 시간이 많아지면서 어느 날부터 엉뚱한 상상을 하기 시작했다. '이런 사람과 결혼하면 참 좋겠다'라는. 이 사람의 아내는 어떤 사람일까. 이 사람과의 결혼 생활은 어떨까. 아버지의 부재로 인한 근원을 알 수 없는 외로움 때문인지, 그의 자상한 말과 행동에 자꾸 의미를 부여하기 시작했다. 물론 어디까지나 혼자만의 생각이었다. 아주 가끔이었지만, 퇴근 후 같이 커피를 마시기도 했다. 우리는 딱 거기까지였다. 문제는 따로 있었다. 그 사람이 너무 좋아지기 시작한 것이다. 풋사랑도 아닌 첫사랑의 대상이 유부남일 거라고는 생각지도 못했다. 혼자 사랑에 빠져 버렸다. 혼자라는 표현이 맞을 것 같다. 하지만 그것도 오래가지 못했다. 우연히 그 사람의 아내를 회사 앞에서 만난 날, 모든 것이 끝났다. 함께 모임에 나갈 일이 있다면서 그 사람의 아내가 회사 앞으로 왔고, 함께 퇴근하는 길이던 나는 자연스럽게 소개를 받게 되었다. '이분, 내가 얘기했지? 같이 퇴근하는 직장 동료 있다고 했잖아?' 이유는 모르겠다. 그냥 그 순간, 그 말만 기억날 뿐이다. 어두워지는 하늘을 가로질러 힘찬 불빛을 내뿜으며 비행기가 그녀의 머리 위를 지나고 있었다. 같이 퇴근하는 직장 동료? 오묘한 감정이 가슴속에서 일렁이기 시작했다. 애써 표정을 감췄지만 일그러진 마음은 어떤 말도 내뱉지 못했다. 다음 날 점심을 먹고 회사에 사직서를 제출했다. 사직서를 제출했다는 얘기를 어디에서 들었는지 퇴근하는데 그 사람이 물었다. 왜 갑자기 회사를 그만두게 되었는지. 떠오르는 적당한 말이 없었다. 당신 때문에, 너무 선한 얼굴을 가진 당신 때문에 그만둔다고 말하지 못했다. 그저 모스부호 같은 말만 하고 헤어졌다.

"저는 저를 더 사랑하는 것 같아요. 그동안 감사했습니다."

선생님, 미혼이라 결혼 이야기는 쓸 수 없어 연애 이야기라도 쓰고 싶었는데, 이야기가 이상하게 끝나 버렸어요. 이걸 연애 이야기라고 할 수 있을지는 잘 모르겠어요."

연애 이야기 맞는데요. 마음과 마음이 만난 이야기, 마음이 만들어낸 길, 그 길에 조금 더 머무르고 싶다는 생각, 그게 연애 아닐까요. 발표를 부탁했을 때 조금 부담스러울 수 있었을 텐데, 소중한 추억 나눠 주셔서 감사합니다. 인주 님의 연애를, 인주 님의 사랑을 진심으로 응원할게요. 혹시 한 분 더 있을까요? 이번에는 성태 님 발표 부탁드려도 될까요?

"네? 네. 선생님, 실은 이번 주제가 조금 어려웠습니다. 여러 생각이 한꺼번에 떠오르면서 글도 이상하고…. 뭔가 마무리도 안 된 것 같습니다."

괜찮습니다. 글쓰기도 평소에 자주 생각해 봤던 주제는 쉽게 느껴지지만 그렇지 않은 주제라면 어렵게 느껴지는 게 사실입니다. 글을 쓰는 행위를 떠나 생각이 정리되어 있지 않으면 글쓰기가 더욱 부담스럽게 느껴지는데요. 생각이 막히면 글쓰기는 당연히 어렵습니다. 그래서 이렇게 자꾸 글로 풀어 보는 겁니다. 글을 쓰면서 내 생각도 들여다보고, 스스로 생각도 정리해 보는 거죠. 글쓰기를 두고 '생각 정리의 도구'라고 얘기하는 이유가 거기에 있답니다. 그러니 부담 내려놓으시고 편하게 발표해 주시면 됩니다.

"네, 한번 읽어 볼게요."

부탁드릴게요.

"아들, 아내와 함께 살고 있다. 아들은 고등학교 1학년이다. 아내와 2년 정도 연애를 하다가 결혼했다. 아내는 좀 적극적인 편이다. 성격이 적극적인 것은 아닌데, 조금 겁이 없는 사람 같다. 한번 해 보고 안 되면 어쩔 수 없다는 방식이라고 할 수 있겠다. 하지만 나는 그렇지 않다. 꼼꼼하게 살피는 편이고, 일이 잘못될 가능성에 대해서도 최대한 고민한 다음, 행동으로 옮기는 사람이다. 지금까지의 경험으로 봤을 때 아내가 절반 정도 옳았고, 나머지 절반 정도는 내가 옳았다고 생각한다. (웃음) 처음에 얘기한 것처럼 여기 수업도 아내의 권유로 오게 되었다. 아내가 이곳에서 진행하는 독서 모임, 글쓰기, 자서전 쓰기 수업을 꾸준히 참여하고 있는데 어느 날 저녁을 먹을 때였다. 아내는 내게 도움이 될 것 같다며 자서전 쓰기 수업에 신청서를 제출하고 왔다고 얘기했다. 거의 협박에 가까운 통보였다. 아내가 평소에도 말을 잘하는 편인데, 그날도 비슷했다. 절대 참석하지 않는다고 했다가 결국은 한번 해 보는 것으로 결론 났으니. 물론 아내의 말에 대한 신뢰도 있었다. 아내가 독서 모임을 다니면서 한결 여유로운 모습을 보여 주고 있던 터라 내심 궁금하기도 했다. 특히 독서 모임을 다녀온 날에는 더욱 그랬다. 모임 가기 전날에는 저녁도 먹지 않고 책을 읽었다. 저렇게 책 읽는 게 좋을까 싶어 '그렇게 책이 좋아?'라고 물어본 적도 있다. 그랬더니 다음 날이 독서 모임이라 오늘 밤 안에 다 읽어야 한다고 말했다. (웃음) 하여간 그렇게 책을 급하게(내가 보기엔 아주 급해 보였다) 읽고 간 다음 날 아내는 저녁을 먹으면서 그날 함께 나눈 책에 관한 이야기를 들려주었는데, 솔직히 재미있었다. 유명한 책이라 제목만 알고 있는 게 대부분이었는데 아내 덕분에 자세하게 알게 되었다. 줄거리, 등장인물, 작가의 행적까지 아내가 들려주는 얘기가 신기하고 재미있었다. 시간이 흐르면서 소개하는 책이 다양해졌다. 육아, 고전, 과학까지. 책을 좋아하지 않는 내가 독서 모임에 참가해 보고 싶다는 생각이 들 정도였다. 그러면서 생각했다. 자서전을 쓴다는 것에 대해 한 번도 생각해 보지 않았지만, 아내가 저렇게 적극적으로 추천하는 데 이유가 있지 않을까. 아들, 아내, 그리고 나까지, 세 사람이 주말 저녁에 1시간씩 함께 책을 읽고 있다. 각자 읽고 싶은 책을 읽고 있다. 처음에는 경제, 재테크 책을 읽었는데, 요즘은 아내가 식탁에 올려놓은 인문학 책도 가끔 들춰보고 있다. 정말 희한한 것은 인문학 책을 보든, 경제 책을 읽든 마음이 차분해진다는 사실이다. 딱히 문제가 해결된 것도 아닌데, 뭔가 마음이 꽉 차오르는 느낌이 들면서 마음속의 조급함이 사라지는 기분이다. 아내가 독서 모임을 다니면서, 가족이 함께 책 읽는 시간을 가지면서부터, 자연스럽게 대화를 나누는 시간이 많아졌다. 다툼도 줄어든 요즘 나는 아내에게 고마움을 느낀다. 물론 직접 그런 말을 한 적은 없다. 글을 쓰다 보니 나도 모르게 나온 말이다. (웃음) 전혀 모르는 두 사람이 함께 살아가는 노력을 포기하지 않는 것이 결혼이라고 얘기한 법륜스님의 글이 생각난다. 결혼할 때 무슨 이득을 볼 것인지 생각하지 말고, 어떤 이득을 줄 수 있을지 생각해 보라고 말씀하셨는데, 요즘에서야 그 말의 의미를 조금 알 것 같다."

인주 님, 성태 님. 두 분 모두 발표 감사합니다. 아주 잘 써오셨습니다. 자서전을 쓴다고 하면 뭔가 거창한 사건이나 삶의 철학을 제시할 수 있어야 쓸 수 있다고 생각하는 분이 많습니다. 거듭 강조하지만 그런 것이 아닙니다. 여러분이 지금까지 걸어온 길에 대한 기억을 떠올려 기록으로 옮기는 작업이 자서전입니다. 무엇을 느꼈고, 어떤 의견을 가지게 되었는지 찾아 이름표를 붙여 나만의 보물창고에 보관하는 작업입니다. 소중한 추억이 많은 사람이 부자라고 하잖아요. 나의 보물창고를 채우는 일은 누가 대신해 줄 수 없습니다. 오늘처럼 이렇게 하나씩, 하나씩 스스로 채워 가야 합니다.

인주 님의 연애 이야기, 성태 님의 결혼 이야기 우리에게 나눠 주셔서 감사합니다. 이번 자서전 쓰기 수업은 한 번도 생각해 보지 않은 길, 한 번도 경험하지 않은 길에 대해 서로의 경험을 공유하여 마음의 눈을 뜨게 하고, 시선이 확장되는 경험을 서로에게 선물하는 시간입니다. 미처 알지 못했던 감정, 생각을 경험할 수 있게 도와준 두 분, 감사드립니다.

자, 이제 오늘 수업 진행할게요. 여러분 빵 좋아하세요? 커피 좋아하세요? 아니면 다른 차를 좋아하세요? 밥심으로 살아간다고 하지만, 사실 밥만 먹고 살지는 않아요. 일을 하는 것도 비슷한 것 같습니다. 생계를 위해서 혹은 자아실현을 위해서 일을 하지만, 일만 하면서 살아갈 수는 없습니다. 우리 삶에는 책임감만 있는 게 아니니까요. 일에서 벗어나 잠시 쉬게 해 주는 '쉼'의 장치가 필요한데요. 여러분은 어떤 것이 그런 역할을 하고 있나요?

질문을 조금 명확하게 바꿔 볼게요. 오늘의 글쓰기 주제는 '당신의 취미는 무엇인가요?'입니다. 일본에서 연구한 바에 따르면, 60대 이상 여성들에게 언제 행복을 느끼는지 물어봤더니 세 가지 대답이 나왔다고 합니다. 무언가를 배울 때, 봉사 활동을 할 때, 그리고 좋아하는 취미가 있을 때 행복을 느낀다고 합니다. 조금 먼 훗날에도 그리고 오늘을 살아가는 데도 필요한 취미, 여러분의 취미가 궁금합니다. 여러분의 취미를 알려 주세요.

글의 신뢰감을 높여 주세요, 인용과 에피소드

오늘의 글쓰기 Tip은 '공감을 이끌어 내는 글쓰기'인데요. 전문 용어로 가득한 글은 쉽게 손이 가지 않습니다. 잘 읽히고 공감 가는 내용이 있을 때 첫 문장을 읽고, 첫 페이지를 읽고, 다음 페이지로 넘어갑니다. 다시 말해 궁금증을 일으키거나, 지적 호기심을 건드리거나, 마음을 무장 해제시키면 독자는 자신도 모르게 책장을 넘기기 마련입니다. 글을 쓸 때 이 사실을 꼭 기억하시면 좋겠습니다.

자료나 데이터를 활용해 정확성을 높인 글, 발췌나 인용을 통해 신뢰성을 높인 글, 솔직함을 담보로 공감을 이끌어 내는 글, 이런 글은 좋은 글이 될 확률이 높습니다. 하지만 그렇다고 해서 지나치게 사실을 주장하거나 강요를 반복하면 오히려 역효과가 날 수 있다는 점도 함께 기억하시면 좋겠습니다. 사람은 강요를 좋아하지 않습니다. 논리적으로 이해되거나 감정적으로 이끌리는 것에 호의적입니다. 다시 말해 전하고자 하는 바를 뒷받침해 주는 인용이나 에피소드를 통해 읽는 사람이 자신도 모르게 저절로 빠져들게 만드는 것이 중요하다는 얘기입니다. 다른 장르의 글은 몰라도 특히 에세이, 지금처럼 자서전을 쓰는 경우라면 더욱 그렇습니다. 만약 이런 얘기가 어렵게 느껴진다면 이 문장 하나만 기억하시면 됩니다.

'진정성으로 승부를 걸어 보겠다.'

이런 마음으로 써 내려가면 글도 좋아지고, 마음의 힘도 생겨납니다.

이제 시작해 볼까요? 책으로 만나는 분도 다음 페이지에 보이시죠? '당신의 취미는 무엇인가요?'라는 주제로 20분 시간을 정해 놓고 쓰시면 됩니다. 바로 시작할게요.

당신의 취미는 무엇인가요?

9

당신의 취미는
무엇인가요?

코로나바이러스가 전지적 관점에서 지구를 뒤흔들었습니다. 교보문고에서는 2020년 키워드로 '잠시 멈춤, PAUSE'를 선정했는데요. 우리 일상은 코로나 팬데믹(Pandemic)으로 인해 '나 홀로 시간'을 마주하는 상황이 강제적으로 늘어나면서 자연스럽게 잠시 멈춰야만 했습니다. 그러면서 취미 관련 도서 판매량이 덩달아 증가했다고 하는데요. 코로나가 아니었다면 분주한 일상에서 멈춤을 경험할 시간도 없고, '나 홀로'라는 상황을 만날 일도 없었겠죠?

취미, 여러분은 취미에 대해 어떻게 생각하세요? 취미라고 하면 시간이 많거나 돈이 많은 사람이 하는 것이라고 생각하는 경우가 많습니다. 반면, 취미로 덕업일치를 이뤘다고 얘기하는 분도 있습니다. 은퇴 후 시간이 많아지면서 이 시간을 어떻게 채워야 할지 몰라 애써 취미를 만들었다는 분도 계셨습니다. 여러분의 취미, 혹은 취미에 대한 의견이 궁금합니다. 당연히 모두 과제 해 오셨죠? (웃음) 음, 성태 님 부탁드려도 되겠죠?

"네, 선생님. 저는 이번 과제가 제일 어려웠습니다. 취미라고 했을 때 떠오르는 것도 없고, 주변을 둘러봐도 취미 생활을 얘기해 줄 만한 사람도 없었습니다. 그냥 생각나는 대로 한번 적어 봤습니다. 말씀하신 것처럼, 마구 적어 봤습니다."

잘하셨어요. 한번 들어 볼게요.

"취미에 대해 적어보라는 과제를 받고 일주일 동안 고민했습니다. 그러다가 어젯밤에 더는 미루지 못하고 그냥 마구마구 적었습니다. 일단 시작해 보겠습니다."

네, 부탁드릴게요.

"나는 취미가 없다. 하지만 어제 급하게 과제를 마무리하면서 하나를 만들었다. 나의 취미는 '생각하기'이다. 생각하기가 취미가 될 수 있는지는 모르겠다. 고등학교 동창인 친구가 얼마 전부터 피아노를 배우고 있다. 금요일 저녁 술자리에서 피아노 학원에 등록했다는 이야기에 곁에 있던 동기와 거의 동시에 그 친구를 향해 고개를 돌렸다. 왜? 함께 있던 동기와 나의 표정은 딱 그것이었다. 이미 예상했는지 친구는 소주잔을 들이켜더니 아무렇지도 않게 말을 이어 나갔다. 꼭 한번 배워 보고 싶어 용기 내어 등록했는데 손가락도 나이가 들었는지 말을 듣지 않는다고 하소연했다. 일 마치고 갈만한 학원을 찾기도 쉽지 않았다고 얘기하는데, 정말 이상한 건 친구의 얼굴이었다. 힘들다고 투덜거리는데, 피아노 학원에 다녀온 다음 날에는 어깨에 담이 걸린 것 같다고 호소하는데, 하나도 힘들어 보이지 않았다. 취미에 대해 생각하고 있었기 때문인지는 모르겠지만, 취미라는 건 힘들어도 힘든지 모르고 자꾸 하고 싶어지는 게 아닐까 하는 생각이 어이없게도 술자리에서 떠올랐다. 내가 어떤 생각에 빠지면 계속 그 생각만 하는 것과 비슷해 보였다. 취미에 대한 생각이 예전과 달라졌음을 느낀다. 무엇을 하고 있는지도 모르면서 계속하게 되는 것이 취미라는 생각이 든다. 그냥 계속하게 되는 것, 자신도 모르게 하고 싶은 것, 그런 게 취미 아닐까. 예전에는 시간 많은 사람이 하는 것, 돈 많은 사람이 노후에 하는 것을 취미라고 생각했다. 뉴스에서 가끔 취미로 시작한 일로 성공하고, 부자가 되었다는 사람의 이야기를 보게 된다. 취미로 거기까지 갈 수 있는지는 솔직히 잘 모르겠다. 하지만 생각하기를 취미라고 말할 수 있게 된 것만으로도 대단한 발전이라는 생각한다. 성실하지 못하게 보내는 시간을 취미라고 단정했던 과거에 비하면 엄청난 발전이다. 그리고는 여기서부터 막혔습니다. 그래서 급하게 끝냈습니다.(웃음)"

성태 님, 취미 그 자체에 대해 생각해 보는 시간을 주셨네요. 취미를 어떻게 이해하고 있는지를 살펴봤다는 것만 해도 아주 의미 있는 행보라고 생각합니다. 사실 우리는 쉽게 말하고 표현하지만, 제대로 정의조차 내리지 못하는 것이 의외로 많습니다. 취미도 그중 하나입니다. 성태 님 덕분에 취미, 그 자체를 생각해 보게 되었습니다. 취미에 대한 생각을 따라가면서 잘 마무리하셨습니다. 수고하셨습니다. 한 분만 더 발표 부탁드려 볼까요? 영찬 님, 괜찮을까요?

"선생님, 저도 부족하지만…. 일단 적어온 거 발표해 보겠습니다."

"몸이 자주 아파 운동을 하는 게 좋겠다는 권유로 유도를 시작한 나와 달리, 같이 유도를 했던 친구만 해도 취미가 아닌 밥벌이였다. 집이 몹시 가난했던 친구는 지역 대표, 도 대표, 국가 대표가 되어 돈을 벌고 집을 마련하고 싶다는 마음에 운동을 시작했다고 말했다. 정말 그 친구는 죽기 살기로 운동했다. 그리고 꿈에 그리던 대로 국가 대표가 되었고, 지금은 작은 도장을 운영하고 있다. 운동이 취미가 될 수 있는지 모르겠지만, 예전에는 결코 그럴 수 없었다. 열심히 일하는 것이 가장 중요했다. 그래서 취미에 관한 얘기를 들을 때마다 난감한 것이 사실이다. 과연 무엇을 취미라고 할 수 있을까. 취미가 꼭 필요한 걸까. 올해 육십이다. 지난 시간에 선생님이 말씀해 주신 것처럼 뭔가를 배우든, 봉사 활동을 하든, 취미를 가지든 뭔가는 해야 할 것 같아 보인다. 하지만 새롭게 배우는 것도 없고, 봉사 활동은 한 번도 해 보지 않았고, 취미는 엄두도 내지 못하고 있다. 취미도 없이 육십을 맞이했다. 그래서 선생님의 글쓰기 과제가 답답했다. 사전에는 '취미'를

'전문적이지는 않지만 즐기는 일'이라고 정의되어 있던데 나에게는 그런 일이 없다. 요즘 나의 화두가 취미를 찾는 것이다. 이것저것을 해 봐야 어떤 게 맞는지 알 수 있다는 조언에 용기 내어 시도해 보고 있다. 어떤 친구는 아들에게 카메라를 부탁하더니 사진 찍는 반에 등록했고, 또 다른 친구는 예전부터 먹 냄새가 좋았다면서 서예 교실에 등록했다. 친구들이 하나, 둘 뭔가를 시작하는 모습에 용기를 얻어 취미도 찾고, 자서전이 어떤 것인지 알아볼 겸 수업을 신청했다. 우리 셋 모두 토요일에 이곳 센터에 와서 각자 다른 수업을 듣고 있다. 그리고 수업이 끝나면 같이 점심을 먹고 집으로 돌아온다. 예전에는 그렇지 않았는데 요즘은 토요일이 기다려진다. 과제에 대한 부담감도 있고, 가끔 선생님이 발표를 시킬 것 같아 걱정되기도 하지만, 취미를 찾아낸 것인지 친구들 얼굴을 보는 것이 좋은지, 토요일만 기다리고 있다. 선생님, 여기까지 썼습니다."

영찬 님 솔직하고 위트가 느껴지는 글, 감사합니다. 아무렇지도 않은 목소리로 툭툭 말을 건네는데 따뜻함이 가득합니다. 글쓰기에 대한 부담감이 있다고 하시지만, 제가 보기엔 자신감 붙은 모습인데요? 취미로 덕업일치를 이룬 사람도 있지만, 혼자 있는 시간의 몰입감이 좋아 취미를 찾으려는 분도 계세요. 책임감에서 벗어난 자유로움이 우리 모두에겐 필요하잖아요. 여러분의 취미 생활을 진심으로 응원합니다.

이제 오늘 수업 진행하겠습니다. '인생은 되고 싶은 나를 향한 여정이다'라는 말이 있습니다. 퍼즐을 맞추는 것처럼 내가 원하는 삶이 이런 것인가, 이런 사람이 되고 싶었나, 계속 찾아보는 과정이라고 얘기할 수 있습니다. '과거는 역사이고, 미래는 오지 않았고, 현재는 선물이다'라는 말, 아시죠? 오늘 글쓰기 주제는 바로 '오늘', '현재'입니다. 인생은 가만히 흘러가는 것 같지만 채워지고, 채워진 것 같지만 비워내야 하는 작업이 동시에 진행됩니다. 지금까지 여러분이 시도하고 실행했던 많은 선택과 도전 모두 그 연장에서 이뤄졌을 겁니다.

이번 시간에는 모든 노력의 결과인 '오늘의 나'에 관한 글을 써 보려고 합니다. '오늘의 나'에 대해 제삼자가 되어 담담하게 바라본 다음, 가만히 얘기를 들어주는 사람이 곁에 있는 것처럼 마음을 글로 옮겨 보는 것입니다. 내가 입고 있는 옷, 나의 인생철학, 나의 관심사, 앞으로의 바람 등 무엇이든 좋습니다. 요즘 머릿속에 자주 떠올리는 것을 글로 옮기시면 됩니다.

많은 사람이 멋진 삶을 동경하고, 성공한 사람을 꿈꾸며 살아갑니다. 하지만 추상적이고 명확하지 않다는 느낌을 받을 때가 많습니다. "언제나 나는 근사한 누군가가 되기를 바랐지만, 문제는 그 바람이 좀 더 구체적이어야 했다는 점이다"라고 말한 릴리 톰린의 표현이 매우 정확했다고 생각합니다. 그런 측면에서 조금 세밀한 글을 쓸 수 있도록 몇 가지 질문을 드려볼까 합니다.

"요즘 새롭게 시도하고 있는 것이 있나요?"
"내 인생의 우선순위 세 가지를 꼽는다면 무엇일까? 이유를 설명할 수 있나요?"
"나에게 가장 소중한 사람은 누구인가요?"
"마음속에 수시로 떠올리는 좌우명이 있나요?"
"인생의 롤모델이 있나요? 누구인가요?"
"내 인생은 성공적인가요? 진정한 성공은 무엇일까요?"

내 글의 핵심 문장, 한 줄을 찾아보세요

 자서전 쓰기 수업도 막바지를 향해 가고 있네요. 오늘 여러분에게 전하고 싶은 메시지는 '내 글에서 한 줄 문장 찾기'입니다.

 제가 자주 얘기하는 것이 있습니다. '책을 읽은 후 하나만 가져와서 실천해도 성공이다'라는. 그러니까 '책만 읽는 사람'이 아닌 '책도 읽는 사람'이 되어야 한다고 강조합니다. 책 한 권을 완독했다고 해서 그 안에 담긴 모든 것을 가져오기란 쉽지 않습니다. 그래서 저는 딱 하나, 하나만이라도 기억해 삶에 적용하는 것이 중요하다고 얘기합니다.

 글도 비슷합니다. 모든 글을 완벽하게 전달해 잘 기억하게 만들겠다는 마음보다 단 한 줄이라도 살아남아 누군가의 가슴에 남으면 충분하다고. 그런 측면에서 강조합니다. '단 한 줄이 있어야 한다', '전하고 싶은 메시지가 담긴 문장이 하나만 있으면 충분하다'라고. 나만의 문장을 제목과 비교해 보고, 궁극적으로 그 문장을 향해 문단과 문단 사이의 연결이 자연스러운지 살펴보는 것이 중요합니다. 그러면 전체적으로 일관성을 지니고, 명확하고 분명한 글이 완성됩니다.

앞서 여러 번 언급했지만 기술과 원칙, 작법서가 글을 완성해 주지 못합니다. '그럼에도 불구하고'를 떠올리며 종이를 채운 시간과 노력이 글의 완성도를 높여 주고, 글쓰기 실력을 향상시켜 줍니다. 그러면서 나의 글에서 메시지가 담긴 핵심 문장을 찾는 노력을 꾸준히 시도해 보세요.

책으로 만나는 분도 다음 페이지에 보이시죠? 시간은 20분, 주제는 '오늘의 나'에게입니다. 시작할게요.

'오늘의 나'에게

10

'오늘의 나' 에게

처음 살아보는 13살,

처음 살아보는 22살,

처음 살아보는 34살,

처음 살아보는 43살,

처음 살아보는 51살,

처음 살아보는 67살,

처음 살아보는 70살,

모든 시절이 우리에겐 처음입니다.

처음 맞이하는 상황이고,

처음 만나는 마음이며,

처음 살아보는 인생입니다.

처음이라 그런지,

많은 것이 서툽니다.

그래도 제법 괜찮지 않나요?

처음인데, 이 정도 해냈으면.

2017년 출판사를 시작하고 처음 출간한 책이 「살자, 한 번 살아본 것처럼」이었습니다. 어느 날 문득 그런 생각이 들었습니다.

"나는 왜 이렇게 서툴고 실수가 잦지?"

"왜 이렇게 모든 일이 어렵고 두렵게 느껴지지?"

하지만 어쩌면 이게 당연한 건지도 모르겠다는 생각이 들었습니다. 매일 새로운 날을 사는 것처럼, 우리는 매일 새로운 나이를 맞이하고 있습니다. 스물, 서른, 마흔, 예순. 그런데 우리는 모두 마법에 걸려 있는 것 같습니다. 처음부터 잘 해내야 하고, 능숙해야 한다고 생각하는 마법 말입니다. 그렇지 않고는 실수나 실패를 이렇게까지 냉정하게 대접할 이유가 없을 것 같거든요. 생각이 거기쯤 다다랐을 때 흩어지는 실마리를 부여잡고 완성한 문장이 바로 "살자, 한 번 살아본 것처럼"이었습니다.

그런 생각 해 보셨어요? 누가 뭐라고 해도, 여기까지 오는 동안 가장 고생하고 노력한 사람은 바로 우리 자신이라는 생각 말입니다. 다른 사람이 알아주거나 알아주지 않더라도 스스로 인정하는 것이 중요한 것 같습니다. '여기까지 잘 왔어'라고. 지난주 과제는 그런 측면에서 오늘을 어떻게 맞이하고 있는지, 잘 가고 있는지 점검해 보는 시간을 가지면 좋겠다는 생각으로 제안한 과제였습니다. 어떻게 글이 잘 나왔는지 모르겠습니다. 혹시, 자신 있게 먼저 발표하실 분 있을까요?

"네, 선생님. 발표도 계속하다 보니 자신감이 붙었는지 나도 모르게 손이 자꾸 올라가네요. (웃음)"

성태 님, 완전 멋진데요! 감사합니다. (웃음) 그럼 부탁드릴게요.

"과제는 쉽지 않았습니다. '오늘의 나에게'라는 질문이 어렵게 느껴졌습니다. 그래서 선생님이 주신 질문에서 힌트를 얻었습니다. '나에게 가장 소중한 사람은 누구일까?'라고."

잘하셨습니다. 그렇게 접근하시면 됩니다. 아주 좋은 접근이었습니다.

"나에게 가장 소중한 사람이 누구인가라는 질문을 받았을 때 여러 사람이 떠올랐다. 아들도 떠오르고, 부모님도 떠오르고, 아내도 떠올랐다. 그중에서 '가장'이라는 말에 생각을 집중하니 아내가 생각났다. 아내를 처음 만났을 때 첫눈에 반한 것은 아니었다. 언젠가 아내도 비슷한 말을 했다. 아내는 원무과에서 근무할 때 같은 공간에서 생활했다. 아내는 경리 업무를 담당했고, 나는 관리부 직원이었다. 규모가 큰 병원이라 외근할 일이 더러 생겼는데, 아내와 동행하는 일이 많았다. 그러면서 자연스럽게 친해졌다. 아내는 성격이 활발한 편이고, 나는 조금 조용한 편이어서 함께 있을 때, 대부분 아내가 질문하고, 나는 대답하는 사람이었다. 아내는 새로운 것에 호기심이 많은 사람이었고, 나는 익숙한 곳이 편한 사람이었다. 비슷하다고 여길 만한 게 별로 없는 두 사람이 어떻게 하다가 결혼까지 하게 되었다. 지금 생각해 보면 아내가 참 대단하다는 생각이 든다. 왜냐하면 아내가 프러포즈를 했기 때문이다. 말주변이 없었던 나는 고민을 하고 있을 뿐이었다. 그런 상황에서 "우리 같이 한번 살아볼까요?"라며 아내가 먼저 프러포즈했고, 고민을 그만두고 싶었던 나는 "그럴까?"라는 말로 답을 대신했다. 이번에 글을 쓰면서 처음으로 아내가 좀 답답했겠다는 생각이 들었다. 물론 이건 어디까지나 비밀이다. (웃음) 그렇게 결혼을 했다. 결혼 후, 아내 덕분에 신혼여행을 핑계삼아 처음으로 해외여행을 다녀왔고, 제주도 가족 여행도 다녀왔다. 강원도의 유명한 계곡도 아내 덕분에 알게 되었다. 근래 책을 읽는 습관을 지니게 된 것, 그러니까 책이나 글을 조금이라도 가까이하게 된 계기는 모두 아내가 만들어 주었다. 부끄럽지만 지금까지 아내가 고마운 사람이라는 생각을 한 번도 못 했던 것 같다. 딱히 그런 것을 생각할 시간도 없었고, 그럴 필요도 없었다. 하지만 이번 수업에 참여하면서 몇 편의 글을 쓰는 동안 아내가 고마운 사람, 소중한 사람이라는 생각을 자주 하게 되었다. 곰곰이 생각해 보면 마음이 즐거웠던 곳에는 항상 아내가 있었다. 회사 일로 힘들어 속상해할 때 곁에서 얘기를 들어준 사람도 아내였고, 생각이나 감정을 여기저기 흩어놓으면 하나둘 끌어모아 쓸 만한 것으로 만들어 준 사람도 아내였다. 덕분에 가끔은 내가 썩 괜찮은 사람이라는 생각도 하게 되었다. 지금까지 그 사실을 모르고 살았다.

나에게 가장 소중한 사람은 아내이다. 지금 당장 아내에게 말로 표현하기는 어렵겠지만, 이 글을 화장대 서랍에 넣어둘 생각이다. 슬쩍 읽히기를 바라면서 말이다. 이번 자서전 수업에 참여하면서 얻은 가장 큰 수확이 무엇인지 묻는다면 내 인생에서 가장 고마운 사람, 소중한 사람이 누구인지 알게 된 것이라고 대답할 것 같다. 여기까지 함께 와 준 아내에게 고마움을 전하고 싶다. 선생님, 쑥스러운데요. (웃음) 그래도 다 읽었습니다. 여기까지입니다."

성태 님. 멋집니다. 마음을 표현하는 글, 마음을 움직이는 글, 너무 좋은데요. 그리고 무엇보다 '내 인생에서 가장 소중한 사람이 누구인지 알게 되었다'라는 성태 님의 글에 제가 힘을 얻습니다. 저뿐만 아니라 여기 계신 다른 분들에게도 인생에서 가장 소중한 사람이 누구인지 생각해 보는 시간을 만들어 준 것 같은데요. 진심으로 감사드립니다. 집에 가시면 멋진 아내분에게 고맙다는 말과 함께 꼬옥 한번 안아 주세요. 하실 수 있으시죠? (웃음) 자, 한 분만 더 발표 부탁드려 볼까요?

"그러면, 선생님. 제가 한번 발표해 보겠습니다"

영찬 님, 멋집니다! 발표 부탁드릴게요.

"두 달 전 도서관에서 발견한 책에 이런 글이 있었다. '용기 내어 생각대로 살지 않으면 머지않아 당신은 사는 대로 생각하게 된다'. 폴 발레리. 일 년에 책 한 권도 읽지 않던 사람이 어쩌다가 서예 수업을 듣는 친구 따라 도서관에 오게 되었다. 친구가 서예 교실에 들어간 후 무엇을 할까 고민하다가 열람실로 향했다. 시간을 때울 생각으로 이곳저곳을 살피다가 책한 권을 골랐다. 그때 고른 책 제목은 잘 기억나지 않는다. 몇페이지 읽지도 않았다. 앞쪽에 몇 장을 넘기다가 발견했는데, 갑자기 어디선가 커다란 주먹이 날아와 뒤통수를 한 대 세게 때리는 느낌이었다. 뭔가 가슴 속에 커다란 구멍이 생긴 것처럼 서글픔 같은 것이 올라왔다. 아쉬움이라고 표현할 수도 있겠다. 그러면서 거의 동시에 지금까지의 시간이 강물처럼 눈앞에 흘러가는 광경이 벌어졌다. 처음 유도부에 들어갔던 날이 생각나고, 유도관을 떠나던 날도 떠올랐다. 대학교에서의 생활도 생각나고, 지금 다니고 있는 회사에 입사 시험을 치르던 아침 기차역까지 배웅해 주시던 부모님 모습이 마치 어제일처럼 또렷하게 기억났다. 아내를 만나 결혼하고 어렵게 아들을 낳았다. 자식이 쉽게 생기지 않아 아내가 애를 많이 먹었다. 앞서 두 아이를 뱃속에서 잃고 힘들게 얻은 늦둥이 아들. 그 아들이 올해 고등학교 3학년이다. 결혼하면서 얻은 집에서 33년째 살고 있다. 결혼 전 아내와 나이 먹으면 시골에가서 살자고 했었다. 둘 다 시골에서 자란 사람들이라 그런지

현관을 열고 나갔을 때 마당이 보이는 집을 갖는 게 소원이었다. 내년에 아들이 대학에 들어가면 조금 자유로워지지만, 따로 세워 놓은 계획 같은 것은 없다. 바라는 것이 있어도 큰 불만 없이 살아가고 있다고 말하면 정확할 것 같다. 그런데 그날은 이상했다. 어딘가 아쉽고 안타까운 마음이었다. 특별히 인생을 못 살아낸 것은 아니지만, 그렇다고 잘 살아낸 것도 아닌 것 같은 기분이었다. 책 한 권도 아닌, 한 줄의 글에서 마음이 복잡해지고 생각이 많아질 거라고는 한 번도 생각해 보지 않았다. 그날 '생각대로 살지 않으면 사는 대로 생각하게 된다'라는 글을 보는데, 문득 '이게 아닌가?'라는 생각이 머리를 지나쳐갔다. 다른 어떤 모습도 있는데 못 보고 지나온 것 같은, 그곳에 계속 있었는데 못 보고 살아온 그런 느낌이었다. 그러면서 갑자기 뭐라도 하고 싶다는 생각이 마구 올라왔다. 당장 무엇이라도 해야 할 것 같았다. 그때 친구가 자서전 쓰기 수업을 추천했다. 글쓰기는 아무나 하는 게 아니라는 말과 함께 내가 무슨 자서전을 쓰겠냐고 마다했지만, 집으로 돌아오는 내내 마음이 두근거렸다. 해 볼까? 내가 무슨 자서전? 그러다가 그날 밤 온라인 수강신청서에 신청 버튼을 눌렀다. 지금껏 좌우명이라는 것도 모르고 살았다. 그래서 좌우명이라고 말해도 되는지는 잘 모르겠다. 하지만 수시로 저 글이 생각난다. 자서전 쓰기 수업을 위해 집을 나설 때, 아내와 함께 산책할 때, 아들이 대학 입학에 관해 의견을 물어올 때처럼 상황과 관계없이 툭툭 튀어나온다. 그러면서 질문하게 된다. '나는 생각하는 대로 살아왔을까? 살아지는 대로 생각했을까?' 예전에는 굳이 이렇게 복잡하게 살 필요가 있을까 싶었는데, 조금 달라진 것 같다. 혼자 이런저런 생각에 빠지는 일이 많아졌다. 그런데 희한하게 싫지 않다. 선생님, 여기까지 적었습니다. 마무리에 뭔가 조금 더 적고 싶었는데, 생각이 잘 정리되지 않았습니다. 그래서 여기까지 했습니다. (웃음)"

영찬 님, 수고 많으셨습니다. 정말 잘 쓰셨는데요. 생각을 들여다보고, 생각이 어느 방향으로 흘러가는지 글로 풀어내는 일은 쉽지 않습니다. 그래서 생각을 잘 풀어내기만 해도 좋은 글이 완성된다고 얘기하죠. 영찬 님 생각을 잘 표현한 것은 물론이고, 그 순간의 감정까지 진솔하게 전달해 주셔서 저를 포함한 다른 분 모두 공감하면서 들었습니다. 아마 요즘 경험하는 일련의 변화가 싫지 않다는 것으로 마무리를 짓고 싶지 않았을까, 그런 생각을 했습니다. 감사합니다.

제가 글쓰기 수업 첫 시간에 항상 하는 질문이 있습니다. 글, 특히 수필이나 에세이를 쓰기 위해서는 네 가지가 필요한데, 그것이 무엇인지 묻습니다. 그러면 연필, 펜, 책이 나오고, 어떤 분은 커피를 말하기도 하는데요. 저는 조금 다른 종류의 준비물 네 가지를 얘기합니다. 첫째, 남의 이야기 말고 내 이야기를 써야 합니다. 둘째, '적어도 지금 내 생각은 이렇다는 거야'라고 생각을 밝힐 용기가 필요합니다. 셋째, 긍정적인 생각입니다. 부정적으로 생각하는 사람의 글은 긍정적인 메시지를 담을 수 없습니다. 긍정적인 사람에게서 긍정적인 글이 나오기 마련입니다. 우리는 누군가의 글을 읽으면서 부정성을 경험하기를 원하지 않습니다. 밝고, 긍정적인 기운을 얻기를 희망합니다. 그러므로 궁극적으로 긍정성을 얘기해야 합니다. 마지막은 노력인데요. 글쓰기는 갑자기 좋아지는 것이 아니라, 글 쓰는 시간이나 양을 정해 하나씩 하나씩 꾸준히 채워 나가는 과정에서 서서히 나아집니다. 뮤즈를 기다린다고 얘기하는 사람도 있지만, 뮤즈를 기다릴 시간에 키보드를 두드리고 노트를 채우는 데 더 많은 정성과 노력을 쏟아야 합니다.

그런 관점에서 영찬 님은 이번 글에는 네 가지가 잘 드러났습니다. 나의 이야기라는 소재에서 시작해 생각을 밝히는 표현, 긍정적인 방향으로의 변화까지 모든 것이 느껴지는 글이었습니다. 앞으로도 지금처럼 인생이 던지는 질문에 하나씩, 하나씩 대답하며 나아가시면 좋겠습니다. 그러면 불분명한 것이 분명해지면서 아쉬움이나 안타까움이 아닌 희망과 열정으로 가득한 시간을 보낼 수 있을 거라고 생각합니다.

오늘은 얘기가 조금 길었네요. 수업 들어갈게요. 여러분, '유언장'이라는 단어를 들으면 어떤 생각이 드나요? 대기업이나 재벌 총수가 자녀들에게 유산을 남길 때 쓰는 것으로 알고 있지는 않나요? 돈이 많은 사람이 쓰는 것 정도로 생각하지는 않나요? 제 생각은 조금 다릅니다. 사전에 보면 '유산(遺産)'은 죽은 사람이 남긴 재산을 의미하기도 하지만, 이전 세대가 물려준 사물이나 문화라고 정의되어 있습니다. 그러니까 세계 문화유산에 들어가는 유산이 바로 그 유산인데요, 물질이 될 수도 있고 정신세계가 될 수 있습니다.

다시 유언장으로 돌아오겠습니다. 유언장에는 남겨줄 재산에 대한 언급도 들어가지만, 남겨주고 싶은 정신세계나 당부하고 싶은 메시지도 포함됩니다. 지금까지 인생을 살아오면서 경험한 것, 경험을 통해 발견한 깨달음이나 지혜, 이것만큼은 꼭 전해 주고 싶은 당부, 이런 것들이 포함됩니다. 조금 일찍 그런 것을 정리해 볼 시간을 가져 보려고 합니다. 바로 '미리 써 보는 유언장'입니다.

인생이라는 항해를 마치는 시점이 오면 후회하는 사람이 많다고 합니다. 도전해 보지 않았던 것, 적극적으로 매달리지 않았던 것, 충분히 사랑하지 않았던 것, 이런 것을 아쉬워한다고 합니다. 하지만 거기에는 약간의 오류가 있습니다. 어떻게 보면 사람은 태어나는 순간 종착지를 향한 항해가 시작된다고 해도 과언이 아닙니다. 물론 항해의 마지막 지점을 아는 사람은 아무도 없습니다. 그런데도 갑자기 종착지를 마주하면 당황하고 아쉬워하며 후회합니다. 마치 그런 일이 일어나서는 안 되는 것처럼 말입니다. 여러분은 그러지 않았으면 하는 마음으로 준비한 주제입니다. 바로, 유언장 쓰기.

잠시 두 눈을 감고, 여러분이 지금까지 걸어온 길을 천천히 되돌아보면서 이런저런 생각이 떠오르는 것을 가만히 지켜보세요. 머릿속에서 이런 건 되고, 저런 건 안 되고 하는 소리가 들려오면 '그런가 보다' 하면서 계속 가만히 지켜보세요. 소란스러운 것이 물러나면 바닥에 고요하게 잠들어 있던 것이 조금씩 수면 위에 모습을 드러낼 것입니다. 성공의 기록이 아니라, 인생 전체를 걸고 경험한 것과 거기에서 얻거나 발견한 것이 저마다의 고유함으로 얼굴을 내밀 것입니다. 그 순간입니다. 눈을 뜨고 갑자기 종착지에 다다른 사람처럼 그 기억을 기록으로 남겨 주세요. 마지막 기회를 얻은 사람처럼, 더 늦기 전에 배우자, 자녀, 혹은 손자에게 전해 주겠다는 마음으로 정성껏 적어 보세요. 온 힘을 모아.

'저자'가 아닌
'독자'가 되어 읽어 보세요

오늘 전해 드릴 글쓰기 Tip은 글을 쓴 후 독자가 되어 다시 읽어 보라는 것입니다. '글을 쓸 때는 저자, 읽을 때는 독자가 되어야 한다'라는 말이 있습니다. 독자는 글에 대한 정보가 전혀 없는 사람입니다. 그러므로 쓴 글이 금방 이해되는지, 쉽게 잘 읽히는지 살펴봐야 합니다.

쓰는 사람의 관점에서는 너무 당연한 이야기라서 생략했지만, 정보가 없는 사람의 관점에서는 이런저런 설명 없는 갑작스러운 전개에 의문이 생길 수 있습니다. 인과관계가 성립되어야 하는데, 그렇지 못한 경우가 생길 수 있습니다. 그러므로 이야기의 전개가 매끄러운지, 문장과 문장의 연결이 자연스러운지, 글을 소리 내어 읽었을 때 호흡하는 데 어려움이 없는지 소리내 읽으면서 찾아 보세요.

이것은 퇴고와도 관련 있는데요. 다음 시간에 조금 더 자세하게 말씀드리겠습니다. 오늘은 이것 하나만 기억해 주세요.

배경지식이 전혀 없는 독자가 되어 자신의 글을 읽어 보자! 글을 쓸 때는 저자, 읽을 때는 독자!

그럼 시작할게요. 책으로 만나는 분도 다음 페이지에 20분 시간을 정해 놓고 쓰시면 됩니다. 주제는 '미리 써 보는 유언 장'입니다. 시작할게요.

미리 써 보는 유언장

11

미리 써 보는
유언장

언제였는지 모르겠는데, 저의 장례식을 떠올리며 글을 쓴 적이 있습니다. 영정사진이 보이고, 둘러앉은 사람들의 모습이 보이고, 어디에선가 빛이 들어와 영정사진으로 향하는 모습을 묘사한 적이 있습니다. 하늘에서 가만히 그 모습을 지켜보면서 둘러앉은 사람들이 나누는 이야기에 귀를 기울이기도 하고, 기억하고 싶은 얼굴을 가슴에 새겨 넣듯이 한 사람, 한 사람 뚫어져라 처다보았습니다.

메멘토 모리(Memento mori)라고 하죠? '죽음을 기억하라'라는 말인데요. 어쩌다가 죽음을 인식할 기회가 저를 찾아왔습니다. 두려움의 대상인 죽음이 일상을 파고들었고, 그 여파에서 빠져나오기가 쉽지 않았습니다. 그러다가 어느 정도 마음속 갈등이 제자리를 찾기 시작할 무렵이었습니다. '세상에는 내가 어떻게 할 수 없는 일이 있구나'라는 생각을 그때 처음 했던 것 같습니다. 그러면서 죽음을 떠올렸고, 나의 장례식에 관한 글을 써 보고 싶다는 생각이 들었습니다. 조금은 서툰, 설명할 수 없는 감정이 복받쳐 올랐습니다. 저는 유언장을 쓰지는 않았습니다. 대신 인생에 관한 비밀스러운 고백을 일기장 위에 마구 쏟아부었습니다. 얼마나 퍼부었을까요. 몇 년의 시간이 흘렀을까요. 태풍이 잦아들었고, 마음속에 고요함이 찾아오기 시작했습니다. 말투는 한결 차분해졌고, 다소 거칠었던 표현도 부드러움을 기억해 냈습니다. 그때부터 일기가 아닌 본격적인 글쓰기가 시작되었습니다. 두리뭉실하게 떠다니던 생각도 정리되기 시작했고, 그런 흔적을 모아 책을 냈다고 해도 과언이 아닐 것 같습니다.

저에겐 책이 유언장과 같습니다. 인생, 삶, 관계, 시간, 일상을 하나씩 정리하는 과정에서 마음이 든든해지고 뿌리가 단단해지는 느낌을 받았습니다. 그 느낌을 여러분도 경험하면 좋겠다는 생각으로 준비한 과정이 '미리 써 보는 유언장'이었습니다. 저와 비슷한 경험을 하셨는지, 아니면 다른 어떤 경험을 하셨는지 궁금합니다. 지난주에는 남자분들이 발표해 주셨는데, 오늘은 여자분들에게 발표를 부탁드리려고 합니다. 인주 님, 경희 님, 발표 부탁드려도 될까요?

"네, 선생님. 그런데 사실 제가 여기서 나이가 제일 어리잖아요.(웃음) 그래서 제가 쓴 유언장이 좀 가볍고 웃기지 않을까 살짝 걱정돼요."

아닙니다, 인주 님. 우리 모두 저마다의 인생을 살고 있고, 각자가 서로에게 다른 인생을 소개한다고 할 수 있습니다. 인주 님과 똑같은 길을 걸어온 사람은 여기 아무도 없습니다. 다시 말해 인주 님이 무엇을 경험했고, 어떤 배움과 깨달음을 얻었는지 알지 못합니다. 우리에게 인주 님이 알아낸 인생의 비밀을 소개한다고 생각하시면 좋을 것 같아요. 물론 경희 님도 마찬가지고요. 그렇게 두 분의 이야기를 통해 다른 사람들은 지평을 넓히게 됩니다. 세상을 이해하는 또 하나의 방법, 사람을 이해하는 또 다른 관점을 얻는 셈인 것이죠. 그러니 마음 편하게 읽어 주시면 됩니다. 아시겠죠?

"이유는 모르겠지만 힘이 나는 것 같아요. 용기 내서 읽어 볼게요."

네, 부탁드릴게요.

"같은 회사에서 근무하던 가장 친한 언니였다. 혼자 자랐던 터라 마치 친언니가 생긴 것처럼 무엇이든 함께했다. 하지만 그런 언니가 미루었던 공부를 하겠다며 회사를 그만두고 2년 전 프랑스로 유학을 떠났다. 언니는 미혼이었고, 그때 나이 서른아홉이었다. 언니는 가정환경이 조금 불행했다. 아버지가 알코올 중독자는 아닌데 술을 많이 마셨다고 했다. 언니는 술을 자주 마시는 아버지, 그런 아버지와 말다툼하는 엄마를 보며 어릴 때 세 가지 결심을 했다고 한다. 자신을 스스로 지킬 수 있도록 경제력을 가지겠다, 술을 마시지 않겠다, 결혼은 필수가 아닌 선택이다. 대학 졸업 후 곧바로 독립한 언니는 직장 생활을 시작했고, 돈을 모아 작은 아파트를 마련했다.

그리고는 일 년 동안 지낼 만큼의 유학 자금을 마련하면 언제든 회사를 그만둘 계획이라고 종종 얘기했다. 언니와는 3살 차이인데, 처음 언니의 이야기를 들었을 때는 솔직히 '그런가 보다' 했다. 너무 막연하고 멀리 있다고 생각했다. 하지만 언니는 보란 듯이 자신과의 약속을 지켜냈고, 2년 전 프랑스로 떠났다. 그때 '아!' 했다. 언니와 나는 다르구나. 3살이 아니라 30년 차이였구나. 그런 생각이 들었다. 공항에서 언니가 마지막으로 했던 말이 생각난다. '인주야, 너도 네가 원하는 거 있으면 해 보면서 살아. 남들이 뭐라고 얘기하는 거 듣지 말고, 마음이 자꾸 말을 걸어오면 일단 한번 해 봐'라고. 언니는 프랑스로 떠나면서 비행기표만 구하면 언제든 다녀가라고 얘기했지만, 2년이 지난 지금까지 한 번도 가 보지 못했다. 유언장 쓰기를 하려는데, 프랑스로 떠난 언니가 가장 먼저 떠올랐다. 언니의 말과 함께. 지난 수업 시간에 죽음을 마주하면 사람들은 후회하는 것이 많다고 했다. 도전해 보지 않은 것, 적극적으로 매달리지 않은 것, 충분히 사랑하지 않은 것을 아쉬워한다고 했다. 그 얘기를 듣는데 적어도 언니는 죽음 앞에서 후회하지 않겠구나라는 생각을 했다. 나는 어떨까. 나는 죽음 앞에서 후회할까, 무엇을 후회할까, 어떤 것이 아쉬울까 문득 궁금해졌다. 나는 독신주의자는 아니다. 아버지에 대한 그리움이 있을 뿐, 엄마와의 관계도 좋은 편이다. 좋은 사람을 만나면 결혼도 할 생각이다. 하지만 혼인 신고를 하기 전에 미리 살아보는 것도 좋다고 생각한다. 예전에는 결혼이 필수였지만, 지금은 달라졌다. 나이가 차면 결혼하는 것이 아니라 같이 살고 싶은 사람이 생기면 결혼하는 시대라고 생각한다. 좋은 사람이 있으면 그때 결혼하고 싶다. 그리고 또 한 가지, 요즘 부쩍 언니 생각이 많이 난다. 마음이 자꾸 말을 걸어오면 한번 해 보라고 얘기하던 언니의 말이 일요일 아침 일어나지 않고 침대에 가만히 누워 있을 때, 출근 준비로 머리를 드라이하고 있을 때, 자꾸 들려온다. 마치 언니가 나에게 전해 준 선물, 아니 숙제 같은 느낌이 든다. 나는 아직 오래 살지 않아서 모르는 게 많다. 알아내고, 배워야 할 것이 가득하다. 이번 자서전 쓰기 수업도 그런 것 중 하나라는 생각이 든다. 죽음 혹은 끝, 마지막을 기억하는 삶, 그 자체에 대한 배움의 시간이 아니었나 싶다. 선생님, 저는 여기까지 했습니다."

인주 님, 잘 쓰셨어요. 소중한 사람과의 추억을 되짚어 보고, 그 안에 숨겨진 감정과 생각을 글로 잘 표현하셨어요. 자기 자신에게 다정해지고 싶다는 마음, 삶이 던지는 질문을 외면하지 않겠다는 태도까지, 청춘이 아니라 인생을 잘 살아낸 분에게서 들을 수 있는 귀한 얘기였습니다. 감사합니다. 나중에 그 언니 한국에 오면 만나 보고 싶네요. 어떤 분인지 정말 궁금한데요. 이어 가 볼게요. 경희 님, 부탁드립니다.

"선생님, 저는…. 너무 딱딱하게 적어 온 것 같아요. 아주 딱딱한 논문 같기도 하고, 학교에 제출하는 숙제 같기도 하고. 인주 님 글은 굉장히 부드러운데…."

괜찮아요. 모두 다른 방식으로 글을 씁니다. 대부분 다른 사람은 괜찮고, 내가 쓴 것은 이상하게 보입니다. (웃음) 걱정 마세요. 서로 배우는 시간이니까요. 오히려 다르기 때문에 의미 있는 시간이랍니다. 걱정 내려놓으시고 발표 부탁드릴게요.

"네. 걱정 내려놓고(웃음) 읽어 볼게요. 두 아이에게. 언젠가 적어 두어야지 했는데 이렇게 빨리 쓰게 될 줄은 몰랐구나. 엄마의 경험이 아주 대단하지는 않지만, 그래도 너희가 살아가는 동안 조금이라도 도움이 되면 좋겠다는 바람으로 몇 가지 당부하려고 한다. 첫째, 형제간의 우애가 있었으면 좋겠다. 엄마는 주변에서 부모님이 돌아가신 후 재산 분배 문제로 형제끼리 다투었다는 이야기가 들려 올 때마다 우리 집은 그러지 않으면 좋겠다는 생각을 했었다. 형이 동생을 챙겨 주고, 동생이 형을 믿으면서 지내는 모습을 희망하는데, 나중에 엄마가 없더라도 너희들은 그렇게 살면 좋겠구나. 엄마가 가장 바라는 것은 너희들끼리 잘 살아가는 것임을 잊지 않았으면 좋겠구나. 둘째, 너희도 결혼하고 아이를 낳겠지. 요즘 결혼하지 않는 사람도 많다고 들었다. 하지만 엄마는 너희가 결혼하고 아이를 키워 봤으면 좋겠구나. 엄마에게 가장 큰 보물은 바로 너희란다. 키우면서 힘든 날이 왜 없었겠니. 하지만 좋았던 날이 훨씬 더 많았고, 엄마는 그럴 때마다 행복이라는 단어를 떠올렸다. 결혼도 경험의 종류라면, 엄마는 너희들이 결혼이라는 것도 하고 행복이라는 것도 맛보았으면 좋겠구나. 셋째, 엄마는 너희들이 성실한 어른으로 자라기를 희망한다. 성실하다는 말이 고리타분하게 들리겠지만 엄마 눈에 멋져 보이는 사람은 모두 성실한 사람이더구나. 큰 회사를 경영하든, 직장에 다니든, 작은 가게를 운영하든, 공무원이든 누구 할 것 없이 일에 대한 자부심 같은 것이 있더구나. 직업에 귀천이 없다는 말처럼, 어떤 직업을 갖느냐는 중요하지 않다는 생각이 들었단다. 자신감 있어 보이고, 또 누구보다 성실하게 살아가는 모습이 보기 좋더구나. 엄마는 너희 두 사람이 그런 모습을 가진 어른이 되면 좋겠단다. 넷째, 엄마는 너희들이 성실하게 일을 잘하는 것만큼이나 쉬는 것도 잘하는 사람이 되었으면 좋겠구나. 엄마는 너희를 키우는 일만 열심히 했던 것 같다. 둘째가 대학에 입학한 후 시간이 많아져 혼자 뭔가를 할 수 있게 되었는데, 어떻게 시간을 보내야 할지 처음에 많이 막막했단다. 그래서 하는 얘기란다. 엄마는 너희가 취미라는 것을 가졌으면 좋겠구나. 시간이 생겼을 때 하고 싶은 것도 좋고, 일이 힘들 때 휴식을 취하기 위해 할 수 있는 것도 괜찮을 것 같구나. 지금부터라도 하나는 꼭 만들었으면 좋겠구나. 아무것도 하지 않고 쉬는 것도 좋겠지만, 음악 감상을 하거나, 악기를 연주하거나, 엄마처럼 새로운 수업을 듣거나, 산책하는 등 마음을 쉬게 하고 용기나 평온함을 전해 주는 취미를 가졌으면 좋겠구나. 엄마는 이번에 글쓰기 수업에 참여하면서 마음이 평온해지는 것을 느꼈단다. 당분간 엄마의 취미는 글쓰기가 될 것 같구나. 얘기가 너무 길어진 느낌이다. 마지막으로 한 가지만 더. 위대한 작가들은 하나같이 똑같은 이야기를 하더구나. 자기 자신을 믿는 것이 가장 중요하다고. 무언가를 할 수 있는 사람이라고 믿고, 노력하면 이룰 수 있다고 믿는 것이 중요하다고 반복적으로 말하더구나. 너희에게도 그런 믿음이 있었으면 좋겠단다. 그리고 그 믿음을 끝까지 지켜내면 좋겠구나. 처음에는 몇 줄만 적으려고 했는데, 유언장이라고 생각하니 자꾸 말이 길어지네. 이만 마치도록 할게. 얘들아, 만약에 모든 것을 기억하기 어렵다면, 이 한 가지만은 꼭 기억해 주었으면 좋겠구나. 엄마가 너희들을 아주 많이, 엄청나게 많이 사랑한다는 사실. 엄마의 인생에서 가장 큰 선물은 너희들이었다는 사실. 이것만큼은 꼭 잊지 않았으면 좋겠구나. 사랑하고 또 사랑한다. 엄마가."

경희 님, 감동입니다. 이렇게 멋지게 쓴 글을 딱딱한 논문이라고 표현하시다니, 겸손의 말씀입니다. 엄마의 마음이 느껴지고, 아이들이 잘 성장하기를 바라는 진심이 가득합니다. 삶의 지침으로 삼아도 좋을 만한 내용을 유언장에 정성껏 담으셨네요. 글을 시작할 때 여러 생각이 떠오르면서 머릿속이 복잡하셨을 것 같은데, 글을 쓰고 난 후 조금 편해지셨나요?

"네, 선생님. 진짜 처음에는 너무 막막했어요. 어디서부터 출발해야 할지 모르겠다는 생각뿐이었어요. 떠오르는 대로 마구 쓰려고 했는데, 그러면 유언장이 아니라 그냥 글을 쓰는 것 같았어요. 그래서 일단 종이를 펼쳐 놓고 생각나는 것을 적어 봤어요. 평소 아이들에게 어떤 것을 자주 이야기했는지, 아이들이 어떤 사람이 되기를 바라면서 그런 말을 했는지, 떠오르는 대로 적은 다음 순위를 매겨 보았어요. 저번에 말씀하신 마인드맵 비슷하게. 떠오르는 대로 적었지, 우선순위라는 것은 없었거든요. 그러면서 다섯 개가 정해졌고, 그다음 책상 앞에 앉아 순서대로 하나씩 적었어요. 선생님, 무엇보다 그렇게 유언장 쓰기를 마친 날 기분이 참 묘했어요. 제 삶에 대한 반성의 시간이기도 했지만, 마음이 진짜 고요하고 평온해지는 느낌이었어요. 그동안 어떻게 살아왔는지 스스로 점검한 것 같기도 하고, 앞으로 어떻게 살아야겠다는 다짐도 했던 것 같아요. 글을 쓰는데 갑자기 눈물이 나오기도 하고, 혼자 웃기도 하고, 여러 생각과 감정이 한꺼번에 쏟아지는 아주 특별한 경험을 했어요. 글쓰기를 할 때도 그랬고, 과제를 마쳤을 때도 그랬고, 개인적으로 참 좋은 시간이었어요. 뭐라고 표현하면 좋을까요. 생각지도 못한 아주 귀한 선물을 받은 기분이었어요."

경희 님, 진심으로 감사합니다. 경희 님 얘기를 들으면서 누구보다 제가 큰 보람을 느꼈다는 것을 꼭 말씀드리고 싶어요. 제가 글쓰기, 자서전 쓰기 수업을 진행하는 이유, 그리고 수업을 통해 전해 드리고 싶었던 것이 조금이라도 전달되었다는 생각에 마음이 뿌듯하고 긍정적인 기운이 마구 솟아오릅니다. 두 아이에게 의미 있고, 경희 님에게 의미 있고, 저에게도 의미 있는 글, 다시 한번 깊이 감사드립니다.

이제 오늘 수업 시작하겠습니다. 오늘은 11회, 다음 주에 수업이 모두 끝납니다. 오늘 글쓰기 과제는 짧았다면 짧았을, 길었다면 길었을 자서전 쓰기 수업에 관한 소감을 적는 시간입니다. 글쓰기 수업이나 과제에 대한 생각이나 느낌도 좋고, 어떤 주제가 가장 어려웠는지, 수업을 통해 얻은 가장 큰 수확은 무엇인지 각자 떠오르는 대로 적으시면 됩니다. 마지막 시간에는 그 부분에 관한 이야기를 공유하면서 수업을 마무리할게요.

고쳐 쓰기는
선택이 아니라 필수랍니다

글쓰기 Tip을 전해 드리는 것도 오늘이 마지막이네요. 글쓰기에는 과정이 있습니다. 무엇에 관해 글을 쓸지 주제를 정한 후, 활용할 소재나 에피소드를 바탕으로 전체적인 구조를 만들고, 그런 다음 글로 표현합니다. 이것이 바로 글쓰기입니다. 보통은 이렇게 글을 쓰고 나면 끝이라고 생각합니다. 글을 썼으면 끝이다, 이렇게 말이죠. 하지만 그 이후에 퇴고, 즉 고쳐쓰기가 있다는 것을 기억해주세요.

헤밍웨이는 그런 말을 했습니다. "모든 초고는 걸레다"라고. 이 말은 초고가 걸레라는 말이 아니라, 걸레가 될 때까지 고치고 또 다듬는다는 의미입니다. 즉, 한 번 글을 쓴 것으로 끝내는 것이 아니라, 계속 고치고 고쳐 글의 완성도를 높여 나가야 한다는 말입니다.

퇴고라고 얘기하면 조금 어렵게 느껴질 수 있는데요. 가장 쉽게 할 수 있는 퇴고가 있습니다. 바로 '낭독'입니다. 쓴 글을 소리 내어 읽는 것입니다. 보통 좋은 글에는 리듬이 있다고 얘기하는데요. 글을 쓸 때는 모르다가 소리 내어 읽다 보면 '어?' 하는 부분이 생기고, 연결이 매끄럽지 못하다는 것을 발견하게 됩니다. 오감을 활용한다고 할까요? 단순히 눈으로 글을 쫓는 것이 아니라, 입으로 말하고, 귀로 들으면서 걸러내기를 할 수 있습니다. 그래서 꼭 말씀드리고 싶습니다. 글을 쓴 후에는 꼭 소리 내어 읽어 보시라고. 그리고 한 가지 더! 퇴고는 글을 완성하고 일정한 시간이 지난 후에 진행하는 것이 좋습니다. 이를 묵혀 두기라고 하는데요. 조금 시간이 흐른 후 퇴고하면 새로운 눈, 즉 조금 더 객관적인 관점으로 글을 보며 수정할 부분을 찾아낼 수 있습니다.

소리 내어 읽는 것으로 퇴고 작업을 끝내고 싶지 않다면, 글의 완성도를 조금 더 높이고 싶다면, 세 가지 방향에서 접근해 볼 것을 조언해 드리고 싶습니다. 보탤 것은 없는지, 뺄 것은 없는지, 바꿀 것은 없는지. 삭제, 부가, 재구성의 원칙이라고 하는데요. 접근 방식은 큰 것에서 작은 것으로 범위를 줄여 가며 진행하는 겁니다. 글 전체에서 문단, 문단에서 문장, 문장에서 단어로 접근하며 보태거나 빼거나 바꿀 것은 없는지 꼼꼼하게 살펴보는 거죠.

보탠다는 것이 무엇을 의미하는지 궁금하실 것 같은데요.

예를 들어 '사과를 좋아한다'라는 주제로 글을 쓴다면, 반복적으로 '사과를 좋아한다'라고 나열할 것이 아니라 어떤 이유로 사과를 좋아하는지, 사과에서 어떤 맛이 느껴지는지 등을 설명해 주라는 겁니다. '사과를 베어 먹을 때 귓가에 들리는 사각사각하는 소리에 마음마저 시원해지는 것 같다'처럼 구체적으로 표현해 보라고 말씀드리고 싶습니다. 이처럼 필요한 부분을 보태는 것을 부가의 원칙이라고 합니다.

삭제나 재구성의 원칙은 마지막에 쓴 문장을 첫 문장으로 옮기거나 중간에 있는 문단을 첫 문단으로 끌어올리는 것처럼, 전달력을 높이기 위해 글의 위치를 바꾸거나 필요 없다면 과감하게 삭제하는 것을 의미합니다. 전체적인 구성이나 흐름 안에서 제목과 내용에 일관성이 느껴지는지, 핵심 문장이 제목과 일치하는지, 문단에서 문단으로 연결이 매끄러운지 등을 살피면서 점검하는 것입니다. 그런 다음 마지막에 맞춤법이나 띄어쓰기를 점검하면 됩니다. 이때 맞춤법 검사기를 이용하면 더 쉽고 편하게 고칠 수 있습니다.

지금까지 퇴고에 관해 말씀드렸는데요. 처음부터 퇴고하면서 글을 쓰는 것보다 먼저 글쓰기를 한 이후 퇴고를 진행하시라고 말씀드리고 싶습니다. 퇴고하면서 진도를 나가다 보면 글에 대한 자신감이 줄어들고, 분량도 나오지 않는 경우가 많습니다. 따라서 '퇴고라는 것이 있었지!' 정도만 기억하시고, 일단 초고에 해당하는 글을 많이, 자주 쓰는 연습을 하시면 좋겠습니다.

퇴고 이야기는 여기에서 마무리하고 글쓰기 과제로 넘어가 겠습니다. 책으로 만나는 분도 다음 페이지에 보이시죠? '자서전 쓰기 수업을 마치며'라는 주제로 20분 시간을 정해 놓고 쓰시면 됩니다. 바로 시작할게요.

자서전 쓰기 수업을 마치며

12

마지막 수업

오늘이 마지막 수업이네요. 마지막은 늘 아쉬운 것 같습니다. 시간이 아주 빨리 흘러갔다는 생각이 드는데, 여러분은 어떠셨는지 모르겠습니다. 오늘 네 분의 발표와 함께 저의 짧은 소감으로 수업을 마무리하려고 합니다. 괜찮으시죠? 그러면 마지막 글쓰기 과제, 어느 분이 먼저 발표해 주시겠어요?

"선생님, 제가 먼저 하겠습니다. 제가 요즘 손을 잘 듭니다. (웃음)"

성태 님, 멋지십니다. (웃음) 부탁드릴게요.

"다른 무엇보다 아내에게 고마운 마음을 표현하고 싶다. 가장 소중한 사람이 누구인지 알게 되었다고 얘기했던 날이 생각난다. 자서전 쓰기 수업을 신청한 아내에게 진심으로 감사한 마음이다. 과연 다른 사람 앞에서 내 얘기를 할 수 있을까, 의문이었다. 하지만 선생님이 글쓰기 과제를 주셨고, 어떻게든 과제는 끝내서 참석한다는 마음으로 여기까지 왔다. 처음에는 힘들어서 괜히 시작했다는 생각을 했다. 그런데 시간이 흐를수록 부담스럽기도 했지만, 마음이 홀가분해진다는 느낌도 함께 얻었다. 혼자 생각하는 시간을 가지는 것도 좋았고, 취미도 찾게 되었다.(웃음) 과제를 했을 뿐인데 뭔가 정리되는 느낌이 싫지 않았다. 열심히 살고 있다는 생각을 하면서도

늘 쫓기는 느낌이었는데, 앞으로는 속도를 조절하면서 살아가 볼 생각이다. 마지막으로 선생님을 만나 참 좋았다. 매주 수업을 받는다는 느낌보다 힐링센터를 찾는 느낌이었다. 선생님, 그동안 수고 많으셨습니다. 감사합니다."

성태 님, 힐링센터에 오는 기분이었다니 제가 감사드립니다. 과제를 드리면서 너무 부담을 느끼면 어떡하나 걱정했는데, 그 부분에 대해 마음을 내려놓게 해 주셨습니다. 앞으로 자신감 있게 글쓰기 과제를 낼 수 있을 것 같아요. (웃음) 성태 님, 감사합니다. 다음은 어느 분에게 부탁드려 볼까요?

"선생님, 제가 할게요."

와, 경희 님. 응원합니다. 발표 부탁드릴게요.

"자서전은 나와 상관없다고 생각했다. 자서전을 쓰려면 대단히 성공한 사람이어야 하는데, 나는 평범하고 이룬 게 없는 사람이었다. 그래서 어릴 때부터 나중에 내 이름으로 된 책을 남기고 싶다는 꿈을 가지고 있었지만, 감히 입 밖으로 내지 못했다. 하지만 글을 쓰고 싶다는 생각은 간절했다. 그래서 이번 수업도 글쓰기를 배우기 위해 시작했다. 자서전 쓰기. 사실 과제가 조금 어려웠다. 내 이야기를 쓰면 된다고 하지만 어디까지 얘기해야 할지, 어느 부분에서 멈춰야 할지, 이런 이야기를 써도 되는지, 막막한 느낌이었다. 그럼에도 불구하고 수업을 진행하는 동안, 나의 이야기를 풀어내는 느낌이 싫지 않았다. 마음에 담아 두었던 것, 푹푹 삶아 꾹꾹 눌러 담아 두었던 오래된 것을 하나씩 밖으로 끄집어내는데, 마음속의 자물쇠가 하나씩 하나씩 열리는 느낌이었다. 특히 마지막에 유언장을 쓰는 시간은 인상적이었다. 가끔 죽음을 떠올려본 적이 있지만, 언제나 거기까지였다. 어느 날 갑자기 내가 세상을 떠날 수도 있다는 생각을 그동안 한 번도 하지 못했던 것 같다. 특히 남겨지는 사람, 두 아이에게 어떤 말을 남겨야 하는지 고민해본 적이 없었다. 그랬기에 유언장 쓰기는 나에게 엄청난 과제였다. 제일 힘든 과제였다. 남겨진 아이들에게 무슨 말을 해 주어야 할까. 어떤 이야기를 들려줄까. 나의 인생을 통째로 들어 올렸다가 내려놓는 느낌이었다. 하지만 아이러니하게도 개인적으로 가장 의미 있는 과제였음을 고백해야 할 것 같다. 유언장을 쓰고 난 이후부터 무게 중심을 잡는 일이 한결 쉬워졌다. 마음의 균형, 생각의 균형, 일상의 균형을 되찾은 느낌이다. 글쓰기에 대한 자신감은 여전히 부족하다. 그렇지만 이번 수업을 계기로 앞으로 어떤 식으로든 글쓰기를 이어 나갈 생각이다. 여기까지 적었습니다. 그리고 마지막으로 선생님께 감사함을 전하고 싶습니다. 제 삶의 전환점을 만들어 주셔서 진심으로 감사합니다."

경희 님, 이번 수업이 전환점으로 다가갔다니 너무 기쁩니다. 어려운 과제로 받아들이지 않고 터닝포인트로 이해하고 생각 정리의 기회로 삼았다고 하시니 제가 영광입니다. 조금 전에 아주 의미 있는 말씀을 해 주셨어요. 유언장을 쓰고 난 후 무게 중심을 잡는 일이 훨씬 쉬워졌다는 말. 그 말에 저를 포함해 여기 계신 분 모두 공감하셨을 것 같아요. 경희 님, 진심으로 감사합니다. 다음은 어느 분에게 부탁드릴까요?

"선생님, 저요."

인주 님, 발표 부탁드릴게요.

"자서전 쓰기 수업, 이곳에서 나이가 제일 적은 최인주입니다. (웃음) 발표해보겠습니다. 이번 수업에 참여하면서 나중에 내 이름으로 된 책을 낼 때 어떻게 쓰면 좋을지 도움받고 싶다는 마음이 가장 컸다. 브랜드 마케팅이라고 해서, 요즘은 그렇게 책을 활용하는 사람이 많고, 나 역시 그런 사람 중 한 명이었다. 그런데 선생님과 함께 수업을 진행하면서 생각이 바뀌었다. 멋진 책을 내겠다는 생각보다 멋지게 살아보고 싶다는 마음을 더 많이 했기 때문이다. 선생님의 과제는 계속 나를 놀라게 했다. 그동안 소중한 것이 무엇인지 한 번도 생각해 보지 않았다는 사실, 열심히 살고 있는데 왜 이렇게 열심히 살아가는지 한 번도 질문하지 않았다는 사실을 발견한 것은 놀라움 그 자체였다. 죽음 또한 마찬가지였다. 죽음, 유언장 쓰기는 나와 상관없는 일이라고 생각했다. 그랬던 내가 이번 수업을 하면서 연습을 한 것 같다. 죽음을 기억하는 연습, 잘 살아가는 방법을 찾아내는 연습, 선생님의 글쓰기 과제는 모두 그런 연습을 도와주는 것 같았다. 자서전 쓰기 수업은 나에게 인생 수업이었다. 제대로 배워 본 적 없이 시작한 인생에 관한, 인생 수업이었다. 선생님, 여기까지 적었어요."

인주 님, 제가 마무리로 준비한 멘트를 모두 해 주셨어요. (웃음) 제 마음을 어떻게 그렇게 잘 알아내셨는지. 자서전 쓰기는 도구라고 할 수 있어요. 인생을 들여다보게 해 주는 도구, 나를 찾아 떠나도록 도와주는 도구, 그런 도구라고 할 수 있어요. 그런 관점으로 진행한 제 마음을 정확하고 명쾌하게 표현해 주셔서 감사합니다. 인생 수업이라는 표현도 너무 좋은데요. 제가 좋아하는 책도 「인생 수업」인데, 자서전 쓰기 수업의 부제로 딱 어울릴 것 같아요. 인주 님, 감사합니다. 이제 마지막이네요.

영찬 님, 마무리 부탁드릴게요.

"옛말에 친구 따라 강남 가지 말라고 했다. 하지만 나는 친구 따라 강남에 가 보라고 얘기하고 싶다. 나는 도서관에 가는 친구 따라 이곳에 왔다. 친구를 따라왔다가 이런 수업이 있는 것을 알게 되었고 참여하게 되었다. 그리고 오늘이 마지막 수업이다. 자서전 쓰기 수업, 꼭 필요한 수업이라는 생각이 든다. 특히 나 같은 사람에게는. 차분히 앉아 과제를 위해 종이 위에 글을 쓴다는 것이 처음에는 어색하고 부담스러웠다. 무슨 얘기를 어디서부터 시작해야 할지 앞이 캄캄했다. 하지만 시간이 흐를수록 이상하게 그 시간이 기다려졌다. 조금씩 익숙해지고, 좋아졌다고 할 수 있겠다. 잊고 지냈던 추억과 그리운 얼굴이 떠오르고, 아쉬웠던 일과 되돌리고 싶은 선택이 생각났다. 그런 모든 것을 글로 쓰는 시간이 이상하게 좋았다. 답답하던 가슴이 뚫리는 느낌도 있었다. 보통 말을 하고 나면 돌아서서 후회하는 경우가 많은데, 글이라서 그렇지 않았다. 누가 보고 있는 것도 아니고, 마음대로 쓰고 고치면 되니까 편했다. 나는 살아온 시간이 살아갈 시간보다 많다. 그래서인지 흘러가는 시간이 아깝고, 뭔가 이룩해 놓은 것이 없어 마음이 급해지는 것도 사실이었다. 그랬던 사람이 이번에 자서전 쓰기 수업에 참여하면서 많이 차분해졌다. 그동안 참 보잘것없는 사람이라고 생각했었는데 나름대로 좋은 추억을 가진 행복한 사람이라는 것도 알게 되었다. 오래전에 학교 다닐 때처럼 공부하러 오는 느낌이 좋았다. 울타리가 있다는 느낌도 좋았다. 내 글을 들어주는 사람이 있다는 것도 힘이 났다. 어릴 때만 누군가의 도움이 필요한 게 아니라, 살아가는 내내 다른 누군가의 도움이 필요하다는 것을 이번 수업에 참여하면서 새삼 깨달았다. 마지막으로 선생님께 감사함을 전하고 싶다. 참으로 소중한 일을 하고 계시다는 말을 꼭 전해 드리고 싶다. 감사합니다."

소중한 일을 하고 있다는 얘기에 제 어깨에 힘이 들어갑니다. 진심으로 감사한 마음 전해 드리고 싶습니다. 모두 감사합니다. 제가 드린 것보다 더 많은 것을 발견하고, 그 마음을 제게 되돌려주셨습니다. 여러분에게 실질적으로 어떤 도움을 드렸는지는 알 수 없지만, 모두 의미 있는 시간이었다는 것만큼은 분명한 것 같습니다. 그것이면 충분합니다.

의미 있는 일상, 제가 출간한 책의 제목이기도 하지만, 제가 하는 모든 일의 방향은 그쪽을 향하고 있습니다. 의미 있는 일상을 공유하는 일, 그것을 위해 한 걸음 전진하도록 돕는 것이 저의 사명이라고 생각합니다. 제게 큰 위로와 응원을 보내 주셔서 감사합니다. 책을 냈느냐, 내지 못했느냐는 두 번째입니다. 가장 중요한 것은 그 과정에서 배움과 깨달음이 있고, 그것을 이후의 삶에 얼마만큼 적용할 것인지가 핵심이라면 핵심입니다. 여러분이 앞으로 살아갈 시간에 저와 함께 진행한 이번 수업이 조금이라도 도움이 되기를 희망합니다.

첫 수업 시간에 이야기한 「크리스마스 캐럴」 기억나시죠?

스크루지 영감이 받은 크리스마스 선물처럼, 저와 함께한 시간이 여러분에게 크리스마스 선물과 같았으면 좋겠습니다. 과거, 현재, 미래를 다녀온 스크루지가 삶을 새로운 각도로 바라본 것처럼, 여러분의 일상을 '새로 고침'하는 시간이 되었기를 기원해 봅니다.

자신에게 주어진 과업을 하나씩 달성해 나가는 과정이 인생이라고 생각합니다. 무엇을 가졌고, 어느 정도의 부를 유지하고 있으며, 성공한 사람이 되었느냐 하는 것은 지나치게 표준화된 질문입니다. 그보다는 내가 바라는 삶이 무엇인지, 인생이 던지는 질문에 어떤 답을 할 수 있을지 생각하고 행동하는 것이 더 유의미합니다. 비교하는 삶이 아니라 자신에게 집중하고 자신의 내면을 단단하게 만드는 일에 '오늘'이라는 시간을 활용하시면 좋겠습니다. 우리에게 주어진 것은 '오늘'이라는 시간이 전부니까요.

다른 사람이 만든 자서전이 아닌, 여러분만의 자서전이 만들어지면 좋겠습니다. 70억 인구라면 70억 개의 자서전이 만들어지겠죠? 여러분이 준비할 것은 그곳에 무엇을 기록할지 결정하는 일입니다. 그런 다음 우선순위를 부여하고, 거기에 주어진 시간을 잘 활용하면 충분합니다. 우리는 인생을 여행하고 있습니다. 항해에서 얻은 경험을 자산으로 삼아, 경험을 정리하고 생각을 다듬으며 흔들림 없이 나아가면 좋겠습니다. 여러분의 호흡이 세밀하게 살아 있는 자신만의 자서전을 만드는 출발점에 저와 이번 자서전 쓰기 수업이 함께 있기를 희망해봅니다.

  12회 동안 함께해 주신 여러분, 모두 수고 많으셨습니다. 감사합니다.

인생은 선택과 태도이다.
어떤 성과가 보다 성공적으로 느껴지는 것은
'그 사람의 성공'이기 때문이고,
어떤 결과가 보다 절망적으로 느껴지는 것은
'나의 실패'이기 때문이다.

경험에 대해 교양을 발휘해야 한다.
경험에 대해 평가하되 그 경험이 자신에게
유리하게 작용할 수 있도록
의도적으로 분위기를 만들어내야 한다.
경험이 스스로를 돕는 일에 쓰임이 있도록
유도해야 한다.

－「의미 있는 일상」 중에서 －

자서전 쓰기에
좋은 질문들

간결하고, 담백하게

깊고, 풍부하게

1회 내가 기억하는 나의 할아버지, 할머니

2회 나의 태몽 이야기, 출산과 관련해 알고 있는 에피소드

3회 고향의 모습, 주변의 풍경, 함께 생활했던 사람들, 그때
　　　의 추억

4회 그리운 사람, 꼭 만나고 싶은 사람

5회 부모님의 생활 모습, 부모님의 가치관

6회 부모님에게서 닮고 싶었던 점 vs 닮고 싶지 않았던 점

7회 초등학교 가는 길, 함께 생활했던 친구와의 우정

8회 학창 시절(중·고등학교) 기억에 남는 사건, 힘들었던 일

9회 꿈, 취업 및 대학 입학과 관련한 에피소드, 고민하고
　　　걱정되었던 일

10회 학창 시절 부모님과의 관계

11회 첫사랑의 추억

12회 대학 생활의 잊지 못할 추억, 아쉬움과 후회, 자신감을
　　　회복한 사건

13회 연애와 결혼, 프러포즈와 결혼식, 신혼여행 에피소드

14회 군대 경험, 군대에서 만난 인연, 군대 생활 중 기억에
　　　남는 일

15회 첫 가족 여행, 첫 해외여행, 기억에 남는 여행

16회 '그건 아니었는데'라는 아쉬움으로 남아 있는 선택

방탄소년단의 UN 연설을 본 적이 있다. 국제무대에 우뚝 선 한류스타를 보면서 새로운 동기를 부여받거나 의지를 불태우지는 않았다. 오히려 마음이 차분해지는 느낌이었다. 지나온 길과 앞으로의 삶에 대한 RM의 '스토리'는 평소 내가 중요하게 다루는 '이야기'와 크게 다르지 않았다. '이게 옳은 선택일까'라는 의문이 생겨날 때마다 '고민보다는 GO'를 외치며 '최선을 다하는 방식'을 선택했다는 RM은 동지이며 친구였다.

　RM은 실수투성이였던, 부족하게 느껴졌던 자신을 있는 그대로 받아들이고 사랑하기 위해 노력했기 때문에 이 자리에 올 수 있었다고 고백했다. 완벽한 설계도는 없었지만, 자신만의 기준을 정해놓고 묵묵하게 걸어왔던 것이다. RM은 알고 있었던 것 같다.

　"희망하는 것과 그것을 이루어내는 과정은 다르다."
　"눈앞에 성과가 드러나지 않더라도 오늘 해야겠다고 마음먹은 일을 해내는 것이 중요하다."
　"결국 행동이 차이를 만든다."

　5년 전에도 했고, 10년 전에도 했던 일을 오늘도 하고 있다. 시간의 흐름으로 본다면 강산이 변할 정도의 놀라운 결과가 있어야 하겠지만, 성과는 그리 많지 않다. 5년 전보다

손끝이 조금 더 정교해졌고, 10년 전보다 삶이 던지는 은유에 조금 덜 당황하게 된 정도이다. 하지만 그렇다고 해도 5년 전, 10년 전에는 상상조차 하지 못했던 일을 하고 있으니 개인적으로 만족스러운 것도 사실이다. 삶을 유지하는 것, 되돌아보는 것, 한 걸음 나아가는 것 모두 용기가 필요했다. 나는 그 용기를 글쓰기로 배웠다. 그뿐만 아니라 순간적인 감정의 변화에 휘청거리지 않는 방법에 대해서도 함께 배웠다.

오늘도 어디선가 날아온 무법자가 내 안의 어떤 것을 건드리는 느낌에 대한 글을 쓰면서 아침을 열었다. 세상과 보폭(步幅)을 유지하고, 나만의 보법(步法)을 잊지 않기 위해, 뚜렷한 목표와 체계는 없지만 확장하는 삶을 살기 위해, 오늘도 나는 글을 쓴다. 글을 쓰는 동안만큼은 나는 조르바가 된다. 내게 묶여있는 끈을 잘라내고 나만의 산투르를 연주하는 기분이 든다. 글을 쓰는 순간만큼은 나는 '객체'가 아닌 '주체'가 된다.

「글 쓰는 엄마」 중에서

내 이야기도 책이 될 수 있을까?

자서전 쓰기를 위한 열두 번의 글쓰기 수업

초판 1 쇄 I 2021 년 10 월 18 일
지 은 이 I 윤슬

발 행 인 I 김수영
편집 · 디자인 I 부카
발 행 처 I 담다
출판등록 I 25100-2018-2호
주　　소 I 대구 달서구 조암로 38, 2층
메　　일 I damdanuri@naver.com

ⓒ 윤슬, 2021
ISBN 979-11-89784-15-7(03800)